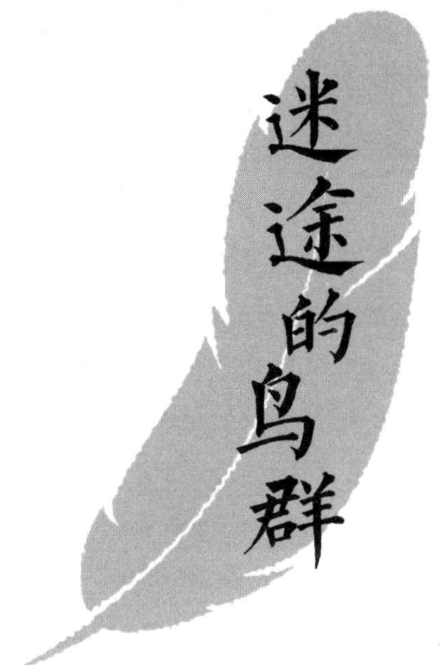

汪修荣——著

中国书籍出版社
China Book Press

图书在版编目（CIP）数据

迷途的鸟群 / 汪修荣著 . — 北京 : 中国书籍出版社，2018.8
ISBN 978-7-5068-6955-3

Ⅰ . ①迷… Ⅱ . ①汪… Ⅲ . ①中篇小说—小说集—中国—当代②短篇小说—小说集—中国—当代 Ⅳ . ① I247.7

中国版本图书馆 CIP 数据核字 (2018) 第 167731 号

迷途的鸟群

汪修荣　著

图书策划　牛　超　崔付建
责任编辑　武　斌
责任印制　孙马飞　马　芝
出版发行　中国书籍出版社
地　　址　北京市丰台区三路居路 97 号（邮编：100073）
电　　话　（010）52257143（总编室）（010）52257140（发行部）
电子邮箱　eo@chinabp.com.cn
经　　销　全国新华书店
印　　刷　三河市华东印刷有限公司
开　　本　650 毫米 ×940 毫米　1/16
字　　数　205 千字
印　　张　14
版　　次　2018 年 8 月第 1 版　　2018 年 8 月第 1 次印刷
书　　号　ISBN 978-7-5068-6955-3
定　　价　42.00 元

目录

夜　猎

两人把枪扛在肩上，一前一后，一高一低地走着，落叶和松针在脚下发出沙沙的响声，一路上磕磕绊绊，不时惊飞几只夜鸟。

“木根，你带的什么鸟路？”水金在后面嘀咕道。

“我们不是去赶集，这是十里长山！”木根扔过去硬邦邦的一句。

“那地方还有多远？妈的，腿都跑断了。”

“快了。”

“那地方真的兔子多？”

“我糊弄你？”

“我咋没听说过？”

“你没听说过的多哩！我前几年来打过野毛栗，亲眼见过的。”

水金诧异地看了木根一眼，木根今晚好像吃了火药。

两人又默默地向前走。

木根一个劲地在前面走着，水金呼呼地喘着粗气，在后面不停地骂娘。

四周黑影幢幢，只有灰白的天空露出一点微光，林子里伸手难见五指。

“狗日的，这天怎么这么黑。”水金好像自言自语。

木根没有睬。

风在林子里窜来窜去，热乎乎的，九月的秋山到处散发出一股成熟的气味。山下星星点点的灯光透过密密的树林，远远的，像江上的渔火，还隐隐地传来几声零落的狗吠。林深处不时发出一两声凄厉的猫头鹰的叫声。

水金忽然感到一阵恐怖。他打猎不是一天两天了，自打分了责任田，每年八月十五一过，他就上山了。开始，他纯粹是打着玩，打到了野味便拿回去改善家里的伙食。后来偶然听一位星期天下乡来打猎的工人说，这几年城里人都好上了野味，他便抱着试试看的心理，拎着几只血迹斑斑的野鸡和兔子进了城，很快便换成了三张绿花花的十元的票子，他激动得差点没向天上开一枪。后来，他和这位从城里来的业余猎人成了朋友。从那以后，他就把打猎当成了正业，正儿八经地打了起来。打猎的季节，每天都可以打个十块二十块的。附近的山上打完了，便到远处，白天打不到了，便改在夜晚。夜猎还是他从夜晚捉青蛙的小贩子那儿学来的。他发现晚上野味果然比白天好打，大多数猎物在夜晚都显得迟钝而笨拙，甚至走到跟前了还不知逃避，这样他就可以轻而易举地击中它们。尤其是那些养了一个春天又一个夏天的野兔子，它们总是在夜深人静的时候出来觅食，这样他就可以在它们经常出没的庄稼地里和林子间不费力气地击中那肥滚滚的身子，看着它们像泄气的皮球一样在他的散弹下瘫软下去。几年工夫，他已建了一座二层的楼房。开始，他一直是一个人，他不想让别人和他一起来分享他的果实，直到他的楼房造起来之后，他才带了木根。近来，他常常感到木根不像从前了。自打出了那事，他就觉得木根有些变了，不是心不在焉，就是莫名其妙地开枪，或者说些让人摸不着头脑的话。几个月来，他一直担心这件事，心里老觉得有只兔子撞来撞去，他不知道木根是否已经察觉了。山上黑咕隆咚的，他忽然有些害怕，也许不该跟木根跑到这鬼地方来。这地方离村子太远了，他们是下午离家上路的，走到现在大约有三四十里了吧。一只鸟惊叫起来，像一阵风飞了过去，他打了个寒噤，感到衣服已经湿透了。

“木根，我们开灯吧！”

“还早，到时没有电，打个屁！”

“电池才换几天，不会一下子用完的，再说也许能看到一两只兔子。”

木根没有吭声。

两人打开了手电筒，电光像两把剑在夜幕上戳了两个深深的窟窿。电筒是用带子绑在头上的，像矿工头上的灯，这样打猎时就可以腾出手来，无拘无束。应付自如。两人各背了一只药葫芦似的竹篓，专门装猎物的。水金的那只已磨得又光又黑，上面沾满了乌黑的血迹。木根的竹篓差不多还是新的，发出金灿灿的颜色。每人的腰间各挂了一只弯弯的黄牛角，里面装满了火药和散弹。这时，两人把枪都横在手里，睁大着眼睛搜索着灯光下的每一丝动静。一切在灯光下差不多都变了颜色，金黄的柴禾踩在脚下软软的，这正是打猎的黄金季节。

“水金！”木根忽然冒出了一句。

“嗯。”

“我问你，你把春香怎么样？”

“什么话？”

“我问你呢？”

“我不懂。”

“你懂！”

“我们是来打猎的，别忘了，一晚上一条龙哩！”一条龙是一百元，这是两个人的行话。

“我在问你话！”

“好像有只兔子。”水金端起了枪，向前紧走了几步。

“你到底把春香怎么了？”

“没有什么。我好像看见一只兔子跑了。”

“别当我木根是傻瓜，你给我戴绿帽子。”

“你别自己瞎疑心，小心，打猎时不注意要走火，我年轻时一条腿吃过亏。”

“我不是瞎子，你和春香的事我知道，你说，你为什么带我来打猎，村上那么多人想跟你？”

“那要看我愿不愿意。我看你人老实，我想帮你一把，打好了，两年就可以盖个新房。”

“猫哭耗子！”

“狗咬吕洞宾！”

“我不是阿斗！”

“带你，算我瞎了眼！”

“你心亏！”

“我心亏什么，是春香求我的，不信你回去问春香。”

“你不安好心，你一定欺负春香的。”

“春香不是孩子。”

“可她不是你对手，你是鬼。”

“前面好像有狼叫。”

“你别走了耳，那是山下的狗叫。你要老实讲，你欺负了春香没有？”

“我没有，我有女人。”

“可你女人是块老瓜皮，啃不动了。”

“老瓜皮也是女人，我不是光棍。”

“你别欺我老实，老实人不是好欺的。”

“我知道，所以我挑了你。”

“别骗我，我不是三岁的孩子，那是你心里有鬼。”

“你得了疑心病。”

“我好得很。我有证据，春香怀孕了。”

“你老婆怀孕关我屁事！”

“我不是傻子。我结婚四年了，我看过医生，医生说我不行，除非开刀，可我一直没开，我没钱。”

“这跟我没关系。”

“可我老婆怀孕了。”

“村上的男人多的是。”

“除了你，别人没这么大的胆。”

“你去问春香。”

“不问我也知道。你别想赖，我不是好欺的。”

“你到底要怎样？”

“你说！”

“你原来是带我来打猎的。”

“也是也不是。”

“我给你钱。”

“我不希罕。我老婆不是野鸡，不卖钱！”

“那你要什么？”

“我什么也不要！”

“那你要怎样？我对你不坏，没有我，你不会有今天，现在你比村上人都强。”

“那是作孽，我当了乌龟。”

“那是我一时糊涂。”

“你到底认了。”木根停下来，撒了泡尿。

“我求你原谅。你要什么，我都答就你，等今晚打完兔子。”

“我什么都不要，我只要我老婆！”

“没人抢她。”

“可她被人干了！”

“你到底要怎么样？”

“我不能便宜你。”

“你要杀我？原来，你骗我来，是为了杀我，”水金停下来，看着木根，一脸的惊慌，警觉地握紧了枪。

木根轻蔑地看了他一眼，继续往前走。

“杀你？哈哈，不会，我不会那么狠。再说杀人犯法，我只要给你留点记性。”

“木根，我求你，我一家老小求你！”水金跪下来，枪放在地上，像一只受伤的兔子。

“起来，这不像猎人！走，我们还要打猎，这一晚不能白跑，我说过带你来打猎的。”

水金爬起来。

快，一只兔子。

砰！木根在前面开了一枪。兔子在灯光下弹跳了几下，一头栽倒在地上。一只肥壮的公兔。木根走过去，一把拎起来扔进篓子里。兔子还在滴血，把腹部的毛染红了。

“真有兔子。”水金说。

砰！水金也开了一枪，从树上落下一只斑鸠，几片羽毛纷纷扬扬地飘下来。

砰砰砰！山里传来一连串沉闷的枪声，黑夜里闪出一团团火花。

一会儿，两人便出了一身的汗。

“木根，这儿兔子真不少，又大又肥，我误会了你。”水金提了一只血淋淋的兔子说。兔子沉甸甸的。

“我说过的，这里我来过，前面山上更多，不会让你白跑。”

“木根，你真好。”

“我不好。”

“再打一点，就可以下山了，不然就装不下了。”

“放不下先放在地上，等天亮了一起背下去。”

两人又往前搜索，猫着腰。

“木根，最近我城里那个打猎的朋友来了，他新开了个野味馆，准备跟我签个长期供销合同，以后货再多也不愁卖，我们俩合伙，包你赚大钱。”

“你去赚，我干我自己的。”

“你真傻。”

“那是我的事。我们再往前找找，天快亮了。”

两人进入了一个山凹。林子密密的。木根看了一眼水金肥硕的身子，恨恨地想：“你终于承认了，你这条狗！”木根握枪的手握得生疼。

枪声又一次打破了宁静。

水金向前窜去，提回来一只血淋淋的兔子，得意洋洋地说：“妈的是只母的，都快下崽了。”。

木根看到没有长毛的幼兔从母兔被子弹撕开的胸膛里滚下来，沾满了血，他感到一阵恶心。

“放下！”木根走过去，一把夺住兔子。

水金诧异地看着他，愣住了。

“你没看到这是快下崽的兔子？”木根气冲冲地说。

“我没看清。”

“你没看清，亏你打了几十年的猎，你作孽，一枪打死了四个。”

“我告诉你了，我没看清，天太黑了。”

“你看清了，你故意的，只要有钱，你什么事都干！”

“看清了又怎样，我是来打猎的。”

“可它要生崽子了！”

“他妈的，这关你什么屁事！”水金忽然吼起来。

木根冷冷地看了他一眼，“你要遭报应的。”

木根说着，跪下来，从腰上拔下一把猎刀，在地上刨坑。

“你干什么？”水金嚷道，“这是我的兔子！”

木根没有搭理，从篓子里抓出一只兔子狠狠地扔到他的脚下。

“你什么时候变得这么菩萨心肠了？好好，算我送你，这样，你不该来当猎人。”水金悻悻地走了。

埋好兔子，木根感到十分疲倦，他看到水金正背着一背篓猎物，踉踉跄跄地往前走。他把枪举了起来，水金正好绕过一株粗大的松树，他只好把枪放下。水金又出现了，五十米，木根在心里飞快地算了一下，他感到手心里已渗出了汗水，手指在颤抖，再不开枪，水金就要走远了，前面是个山嘴。他感到枪特别沉，他拿不稳，以前从来没有这种现象。他听到了山下传来的鸡鸣，天就要亮了。他想起了春香，那张花一样萎掉的脸，那腆起的肚子。春香在忧郁地看着他，眼角滴着泪珠，不能再犹豫了。

他第三次端起了猎枪。水金胖乎乎的身子在他枪口上晃动，水金正往山嘴走去，他感到心快要从嘴里跳出来了。

他扣动了扳机。

他看到火花一闪，水金便扑倒在地上，发出杀猪一样的惨叫。

他的猎枪掉在了地上。

“你……你到底开枪了。”水金瘫倒在地上，像一只受伤的野鸡。篓子里的猎物撒了一地。

木根不说话，呆呆地立在那里。

“哎哟，我的腿，我的腿！”水金把枪扔了，双手抱着腿。

木根走过去，从地上扯了一把草药，搓了搓，塞到水金的腿上。血溅了一地。

“木根，我日你妈，我操你祖宗！”水金忽然觉得这一枪打掉了他几个月来内心的内疚与不安。

木根仍不说话，用藤子帮他绑住草药，又把小腿上面扎起来。

血止住了。

“木根，你这狗日的太毒，我小看了你。”

“你自作自受。”

“我要告你，告你打黑枪，告你故意杀人！我城里有朋友，我要让你狗日的蹲班房，吃八大两，哎哟，老子操你妈！”水金一阵抽搐。

“你不会死。你告不了我，你自己打的，你自己不小心，枪走了火，你以前也干过这事，没有人相信的，也没有人证明，我没有向你开枪。”

“你跑不了。”

“我不跑，我还要打猎，打一座新楼房。你还是回去好好养你的伤，你什么也证明不了，枪弹是你给我的，是你自己倒霉。”

“你狗日的心太黑。”

“黑不过你。”

“算我瞎了眼。”

“你是瞎了眼，兔子不吃窝边草，你打了这么多年的兔子都不记得，下次你会记住。”

“木根，你这狗日的，现在我不欠你的了。”

木根哼了一声。

“木根，老子算认识你了。”

“认识了就好，我就是要你有个好记性，省得下次把小命弄丢了。你上有老下有小，你走了他们就惨了。走吧，我背着你。”

“我操你妈，我的兔子……”

“放心，我知道下面村子里有医生，我先送你去包扎一下，然后再来背兔子，我不会赖你的东西，你放心。”

山下传来了几声鸡鸣，天开始亮了，村子里氤氲着青纱似的雾气。

木根打了个长长的呵欠，然后背起水金，蹒跚地向山下走去。

弥留之际

杨　中

傍晚的时候，杨中意识到他的生命旅程已经走到了尽头。

那时候太阳就要落山了，骄横了一天的太阳渐渐耗去了身上的巨大能量，变得无精打采，白天炽热的光线变得昏黄，绯红，好像在西边的山顶上叹息，连光线也变得懒洋洋的。最后一缕阳光柔柔地斜斜地照过来，落在病人的毫无光泽的脸上，那张脸已经变得像秋天经霜的枣子，褪色，干瘪，没有水分，缺少生命。他没有回避光线，他觉得他就像傍晚的太阳已经没有力气，没有热量了。他的生命就像走了一天的太阳一样就要落山了。

暗淡的桔黄色的光线懒懒的拂在病人身上，杨中一动不动，屋里一个人都没有，杨中静静地躺在那里，就像一具尸体。杨中只穿

了一件破旧污黑的衬衣，下面一条同样破旧的短裤松松垮垮地套在腿上，形同虚设。不过这一点也没有关系，一个已经七十岁的老人，一个行将就木的人连死亡的界线都能越过，还有什么不能越过的哩。老人躺在一副旧的门板上，上面铺了一床席子，由于天热，席子上积满了汗水。在门板的下面，还铺了一层白色的石灰。现在石灰的颜色因为污染已经变成灰黑色了。在老人头顶的上方，一只电扇无精打采地旋转着，吹着一股同样燥热的风。老人身上发出一股难闻的混合气味，一种死尸一样的气息。老人目光无力地盯着天花板，几乎一动未动。一只苍蝇在他头顶上盘旋，发出嗡嗡的响声，一会儿歇在他的额头上，一会儿又飞开去。那是一只绿头苍蝇。这会儿就歇在老人的鼻尖上，弄得老人痒痒的。老人试图挥手赶走那只讨厌的苍蝇，但他的手已经不听使唤，他觉得手臂足有一万斤重，他只是动了动僵硬的手指。他已经没有力气挥动他的手臂，他的手臂好像已经不是他的了，他微微叹了一口气。他感到自己就像一台破旧的机器，已经完全散了，他已经无法指挥属于自己的东西了。他看着自己身上的零件一件件地锈蚀，损坏，最后报废，直到停车。面对这一切，他已经无能为力。他觉得青年时代一餐能吃五海碗，一担能挑四百斤已经是很遥远很遥远的事了。太阳快落山了，他也要落山了，他准确地预见到他的生命已经走到了尽头。他的青春岁月，他的中年壮年，他所有的人生旅途，就像录相快速进带一样从他脑海里一一闪过，他从斜着的门缝里看到太阳已经落在了西山的顶上，变得有气无力，此刻就像他一样，只在微微地喘气。也许这是他看到的最后一个太阳了。相对太阳来说，也是最后一次看到他了吧。明天的这个时候，他将在另一个世界上，在另一个世界上看另一个太阳，这就是人生。

秀　兰

孩子他爹是半个月前躺下的。他已经有半个月没有吃东西了。半个月前，他吃了最后一顿早餐，从此就再也没有吃过东西。那天早晨我给他烧了几个荷包蛋，我就预感到他不行了，我打算到女儿家去，和女儿商量他的后事。以前他已经折腾了好几回了。子女们都被他折腾够了，但每次他总是又好好地挺下来了。他的命硬得很，阎王一时还真拿不走。但这一次，我看是真的不行了。我在他的脸上看到了一股死气。晦气很重。就在他的额头上。我对大利说，你爹这次恐怕不行了，你要准备准备，最近不要到外面去做活了，远处的活就不要做了。那时大利正拎着瓦刀要出门。大利那样子，就像当年的杨中。要么不说话，要么一句话就能砸死人。他会死？大利说，他那样子就像要成仙。他要死早就死了。

这话也不能怪大利，老头子在这二三年中，已经死过三回了，有两次把信的人差点就要出门了，他又从阎王殿里活了回来。难怪大利发牢骚，换了我，也会这样，现在谁有工夫一天到晚在家侍候他呢。俗话说，久病床前无孝子，他们也是有家有小的人了。但我还是看不得他那种态度。你怎么能这样说，我对大利说，他再怎么着，也是你爹！

不是我爹我早就不管他了。大利说，并没有留下的样子。仍旧在拾东西。大利已经好久没有出门做活了，总是担心他爹不行，有个三长两短，但每次都是一场虚惊，他也是一家之主了，他也要生活。真也怪不得他。

我跟你说，我看你爹这回十有八九是真的不行了。我看着大利说。我一边说，一边换着出门的衣服。无论如何，我得亲自跑一趟，和他姐商量一下，她是老大，也只能找她商量。大吉要在家，我倒是什么也不用烦了，可是大吉在城里，他现在也是一家三口。城里不比农村，有个什么事，腿一抬就走了，在城里什么事都有人管着，而且又这么大老远的，总不能什么事都把他找回来，城里有城里的难处。已经害他回来三次了，每次回来都是哭一场的。大吉没有说，但我从他的眼神里能看出来，他在城里也不容易，还要不断地往家里跑，支援我们。别人在城里一个比一个胖，只有他一年比一年瘦，身上骨头都出来了。

大利仍要出门。

你今天在家待一天，我到你姐家去一趟。我说。

又去干什么，你以为他真不行了，大利说，我看，就是我们死了，他还活得好好的。

你不是人，是猪！我忽然冲大利光火道，你也不想想，是谁把你养大的，你从生下来就能捞到饭吃了？我一发火，大利就不作声了。大利除了脾气不好，别的也没有多少缺点。

我给孩子他爹打了三个荷包蛋。我把蛋端给他时，他看了我一眼，我觉得他从来都没有这么看着我，他那眼光就像个孩子，好像生怕我出门不回来似的，目光中有一种很依恋的东西。

打这么多蛋干什么？他爹说。

给你吃，你就吃。我说，每次给他吃东西他总是推来推去，现在又不是从前了。家里不在乎几个蛋。

于是他便停下来吃蛋。我为了万一，还把开水给他倒好了，放在他能够够到的地方。我说，我早上到冬冬家去一趟，中午让他们给你端点吃的。我说。

他不说话，只是看着我，他从来没有这样看着我。我说，你有事吗？

半天，他才摇摇头，叹了一口气。

我说，你吃吧，蛋要凉了，凉了就有腥气。我说我还得赶早到冬冬家去一趟，晚上就回来。我想他一定知道我到冬冬家去干什么。他没有问，我也没有说。我看得出他眼睛里含着泪。就在那天我清楚地看出他脸上有一种死亡的印记，他身上也散发出来一种死亡的气息。我对大利说，你爹这回恐怕是真的不行了，阎王这回是真的要喊他走了。后来我又对冬冬说了同样的话。我看得出来，他这回是真的不中了。我说。冬冬不说话，半天才说，也好，还是早死了好，省得活受罪。说完这话，冬冬忽然哭了起来。我没有说话，我听得出来，冬冬的哭声太像死人时的哭丧了。我没有阻止她，我只是说，冬冬，别哭了，这是早晚的事。黄泉路上无老少。

那是他最后一顿早餐，也是他吃的最后一顿饭了。后来他什么都没有吃，我回来时他已经睡在床上了。大利说，他没有吃中饭，晚饭也不肯吃。我听了心直往下沉，我把晚饭端去时，他只是朝我摇摇头。这时我就知道，他已经打定主意准备走了。我在他脸上看到了一种从来都没有看到过的东西，他脸上显得非常平静，安详，甚至很超脱，我觉得他脸上的东西好像来自另一个世界。他用另一个世界的眼神看着我，我觉得他已经生活在另一个世界中了，他脸上甚至有一种幸福的光彩。

你真的不吃吗？我说，你这样好好的不吃，你会难受的。哪怕少吃一点，或者吃一点稀的东西。我说可以煮面条或者稀饭给他吃，但他只是摇了摇头。他用手指了指自己的心说，我这里是饱的。一点也不饿。他甚至还朝我笑了笑。他的眼睛从来没有这样和善过。那天晚上，他只是喝了一点点糖水，然后就什么也不肯吃了。他说他一点也不饿。他用一种很幸福的目光看着我，好像倒是我很可怜似的。你不要太忙了。他说。我们一起生活了一辈子，他还是头一次说这样体贴人的话。我更加肯定他已经要走了，只是时间问题。

我对大利说，你爹这回是恐怕是真的不行了。大利没有作声。

门口的场上忽然起了一阵风，是旋风，把树叶都卷了起来，呛了人一嘴的灰。我感到很不吉利。

杨 中

这是我在人世最后一顿早餐。早晨吃饭时我就明白了这一点。也许是我一生中最丰盛的早餐。三个白嫩的荷包蛋。其实我一点也不想吃，但秀兰给我端来时，我忽然就觉得那应该是我在人世的最后一顿早餐。那时候秀兰穿着一身出客的新衣，其实她不说我也知道她这是要到大女儿冬冬家。我知道她是为什么去的，因为她已经不是第一次这样出门了。就在那时候，我知道这应该是我最后一顿早餐。我该走啦，再活下去，只会给他们添麻烦。赖活不如好死，我是这样看的。

我吃下了我一生中最后一顿早餐，我就知道我不会再吃东西了。我希望早早地离开这个世界。我并不是那种想死的人，但我也并不是那种怕死的人，其实我承认人人都不想死，人人也都怕死，活着，和亲人在一起，肯定是一件乐事，但如果这已经成了一种负担，我宁愿去死。我不想给我的家人添麻烦了。如果有人问起来这最后的早餐怎么样，我应该说，这是我一生中吃得最美好的早餐。后来我一直回味这顿早餐，我极力抵制这顿早餐的诱惑。那天中午我就没有再吃东西了，晚上我自然也没有吃。其实那天我是非常想吃东西的，我感到肚子里仿佛有东西咬我，我感到肚子里仿佛有猫爪子在抓。但我硬是不肯吃东西，大利把饭都送到了我的床边，我闻到了午饭的香味，还有一股鱼腥味。那是咸鱼的香味，我最爱吃咸鱼了。大利说，爹，吃饭吧。我说，我不想吃。有你爱吃的咸鱼哩。大利说，我突然觉得那咸鱼的味道好闻极了，但我睁了睁眼皮，还是没有松口。我差一点就伸出手了。但最后，我还是在心里下定了决心，我不想这样拖下去了，我知道这顿饭是关键，如果这顿饭我挺过来了，我就行了。你再不吃，菜冷了，鱼就有腥味了。大利说，你还是端走吧，我说，我真的不想吃，我肚子里饱得像铁。我什么都不想吃，你还是端走吧。

大利咕哝了一声，还是把饭端走了。我觉得那股饭香鱼香始终留在屋子里，几天都没有散去。

天擦黑的时候，秀兰回来了。秀兰进来时我就听出了她的脚步声。她看了我一眼，你哪里不畅快吗？秀兰说。

没有什么不畅快。我说，我不去看她。我只感到有一个黑影在那里站着。我闻到了她身上的那股味儿。

你不想吃点什么？秀兰说。

我摇摇头。

怎么啦？

我就是不想吃，我说，我一点儿也不饿，我觉得肚子里像塞了块铁。其实我说的是谎话。

喝水吗？

不喝。

我能感到她走出去了，我听到她在门外对着大利说，你爹要死了。

三年前，你就说他要死了。大利瓮声瓮气地说。

我讲了你不会相信的，秀兰不满地说，你爹这回是真的要死了。我看得出来。

后来天更暗了，蚊子嗡嗡地涌过来在我的身边转着，轮番向我身上进攻，我拍了一把，但它们显然一点也不怕我了，因为我根本就拍不到它们，它们很快就又涌了过来，成群成群的，在我的四周嗡嗡地叫，我无力地垂了下来，我想叮吧，反正你们也不会叮太久了。后来就听到了大利在外面大声地喊亮亮吃饭的声音，从他大声吆喝的声音看，亮亮一定在后面的山上玩。因为大利的声音很大，拖的尾音很长，他在那里大声地叫着，小亮亮，吃饭了！你耳朵聋了吗？亮亮是我的孙子。我不高兴大利这样对待亮亮，亮亮还是个孩子哩，我从前就从不这样对大吉和大利他们兄弟俩大喊大叫，这样把孩子的魂都吓出来了。但时代不同了，亮亮是他的孩子，他想怎么样，我一点也管不着。但我还是一点也不喜欢他们这样对待孩子。亮亮还小哩。

我感到有一股饭香飘进屋来，我使劲地咽了咽口水。

秀　兰

我开始给杨中准备寿衣和其他东西，其实有的东西两三年前就准备好了。趁着太阳好，我把杨中的寿衣和孝帽等等一起拿出来晒晒，这些东西放在箱子里已经有二三年时间，散发出一股霉湿的气味。现在也许真的要用上了。我算了一下，家里人和外面的亲戚加在一起，大约有四十多人，一人一个白帽子就够了，当然还要算上八个抬棺材的，他们除了白孝帽，还得另外给一条白毛巾，一双解放鞋。从前就是一只白帽子，现在不同了，时代不同了，就像以前的规矩与现在不同一样。将来等到我死的时候，也许一切又不一样了，其实人死如灯灭，眼睛一闭，什么还一样，哪样黄土不埋人呢。俗话说，一样的黄土埋百样的人，都是一回事。只有活人受罪，没见过死人享福。

亮亮，你别翻我的东西，我对亮亮说，亮亮这孩子什么都要翻一下，好像没有抓过周。亮亮，你别动我的东西，你给我滚得远远的，你到外面去玩吧。亮亮仍然好奇地翻着箱子里的东西。不是叫你走的吗？我冲着亮亮说。这时候我心里乱糟糟的，我只想一个人坐一会。虽然不是第一次替他准备老衣，但真的准备的时候，心里就乱了，毕竟一起过了几十年，就是个牲口突然失个伴也会感到寂寞的，不要说人了。

奶奶，你要这个干什么？亮亮说。亮亮还在箱子里翻着，这时把麻布头巾翻了出来，像一张渔网。

你给我死到外面去，我突然冲亮亮发火道。一把夺下他手上的麻布头巾。我心里顿了一下，这是给大吉和大利准备的，是给他爹出丧时戴的。想到大吉和大利他们一下子没有了爹，我感到心里也就空得很。好在他们也都大了，自己也有了儿子了。他们知道，总有一天我们都会死去的。世上没有长生不老的人。

去看看你爷爷有没有死。我对亮亮说。

大　利

看来这回爹真的不行了。自从一个星期前，吃了两个荷包蛋，他就再也没有吃过东西，他只是偶尔喝一点水。以前我对爹总是没有好气，这也不能怪我，现在生活这么难，乡下钱又难挣，谁有好心思呢？如果我有十万八万，楼房也盖好了，我当然也会尽量在家陪着他，满足他的一切要求，我甚至可以给他请一个保姆回来照顾他。但现在我自己也自顾不暇，妻子身体又不太好，亮亮还小，老天也不作美，年年干旱，虫又特别多，化肥农药越来越贵，什么东西都要花钱，钱像打水漂一样漂走了。可挣一文钱都难得要命。这日子也是没法过了。替别人做的活，隔了几年还要不到钱，这样下去只好喝东北风了。据说城里可以挣到钱，可是我怎么也走不开，有两次好不容易找到一个工作，在城里干得好好的，才开头，家里托人带信说，爹快不行了，要我赶快回去，说不回去恐怕连面都见不到了，等赶回去一看，爹正在门口与别人聊天哩。我从城里赶回来，心差点都赶丢了，原来是一场虚惊，等再回到城里，那个位置已被人顶替了。第二次又托人找了一个单位，说好了不准请假，否则不发工资。结果家里来人喊了两次，说父亲的老衣都穿上了，一家人哭哄了，等赶回家一看，父亲在床上躺了两天，第三天竟然又奇迹般地起床了，好像只是睡了一个长觉。自从那次虚惊后，母亲自己也说了，下次你爹不断气不喊人回来了。但为了以防万一，我只好在村子里等着，连别的村子的活都不敢接了。我在等爹死。连村子里的人都说，这下子，你爹不死，你是出不了门了。我想我是出不了门了，不能让人说只认钱不认爹。钱多得是，而爹只有一个。这次他恐怕是真的不行了，他已经一个多星期不吃不喝了。我看他是不想活了，看到他这样子，心里也很难过。我说，爹，你不要有什么想法，作为下辈的，我们总不能活活让你饿死，你想吃什么就吃什么吧，只要跟我说一声，你不要想不开，我们不在乎花点钱，钱是人挣的。我真想让他吃一点，可是爹只是摇摇头。如果他一下子死了，倒好了，他这样不死不活地拖在这里，我真替他难受。我知道他在等死。我甚至求他说，爹，你要吃什么就说一声吧，我就是砸锅卖铁也一定答应你。可他还是摇摇头。我真想跪下来求他。我不想看他这样活活地饿死在我面前。他怎么说也是我爹呀！爹用很小的声音说，你不用管我，你去上你的班。他不说还好，这样一说，我更不能走了，我不能这样看着我爹活活地等死还去外面挣钱。

秀　兰

已经一个多星期了，他几乎粒米未沾，整天睡在床上，连话也很少说，眼睛瞪得大大的。问他想吃什么，或者想喝什么，只要他想吃的，都满足他，可是他只是摇头，他什么都不想吃，他一味地摇头。人整个就瘦得没有人形了，一个星期，不要说病人，就是一个好好的人，也架不住的，俗话说，人是铁，饭是钢。这么多天，只是喝了点水，什么都没有吃，他说他不想吃，肚子也不饿。我看他这次是不想活了，我知道他想死了，他不想再给大吉和大利他们添负担。我知道他心里一定是这样想的。但人这样饿着也一定难过。可是我劝不了他，人真的想死，别人是拦不住的。我只希

望他早点死，省得活受罪。这次，我看他是挺不过来了。大利还不信，我想他一定不会过去的。但我还是让大利把他搬到了堂屋里，并让他躺在门板上，这是规矩，虽然我知道让他这样躺在门板上很难过，但他必须这样，人死都得这样，总不能让他死在帐子里，否则他的魂就不能从这个屋子里走出去。把他从床上抬起来时，他身上一点肉都没有了，全是骨头，皮都拉得老长了。一个多星期不吃不喝，就是铁打的人也受不了。我看他眼睛里的阳气是一天天地少了。他在世上的日子不会太久了。

杨　中

自从那天吃了那顿早餐，我就打定主意不吃任何东西了，我知道我不会活多久了，虽然我很想活着，看着他们一天天地生活，儿孙满堂。但我知道我福分太浅了。我活一天，就给他们多添一份负担，还是早死早好。所以我知道那就是我最后的早餐了。后来我很长时间还回想起那顿丰盛的早餐。我知道我如果开口，他们会给我吃的，但我没有开口。开始那两天，我感到肚子非常难受，我几乎挺不住了，但我硬是坚持着，说我不饿，其实我很远就闻到了他们碗里的饭香，平时我的鼻子总像不通似的，但那几天，我的鼻子非常灵敏，每天早早地我就闻到了秀兰在厨房里做饭菜的香味，那真是好闻呵。我似乎从来没有闻到过这么好闻的饭菜。我的鼻子在那几天尖极了，比狗还灵。我的肚子咕咕地叫，吵着要吃东西，我差点挺不住了，有几次，秀兰和大利问我想不想吃一点什么东西，我几乎都说出口了，我那时就想吃一大海碗鸡蛋泡锅巴。但话到嘴边我还是把话咽了回去。我说我不饿，其实我那时肚子里饿得生疼。

那几天，有时亮亮端着碗过来，我就闻到了他碗里喷香的饭菜，我真想让亮亮喂我一口，我最后还是没有开口，我只是摸了摸他的头，他的头发乌油油的，像春天的韭菜。我说，亮亮，你吃什么好吃的。亮亮便把碗亮给我看，我看到了他碗里的鱼和鸡蛋，还有碧绿的青菜。我感到香味一阵阵扑过来。我说，亮亮好吃吗。亮亮直点头，好吃好吃。亮亮说，爷爷，你怎么不吃饭，你不饿吗？我笑笑说，我不饿，爷爷饱了。人不吃饭怎么会饱？亮亮说。我说，人老了就会饱的。不吃饭也会饱。亮亮感到很奇怪，他似懂非懂地笑了一下，露出了一口洁白的白牙。我感到我的嘴唇干干的。我有好几天没有喝什么水了，嘴唇上起了皮，干干的。我发现我说话都已经不清楚了。一点力气也没有，好像谁把我的嗓子掐住了。其实我是多么想看着亮亮长大，上学，结婚，生儿育女。其实在一刹那我忽然明白，人其实没有一个想死的，像我这样实在是因为生了病，没有办法，我活着自己受罪还要拖累他们。好在现在我已经习惯了饥饿，过了那几天，我已经完全适应了，我感到再也不饿了。我不需要什么东西。我觉得我好像已经到了另一个世界。我感到自己的身体已经不属于我自己了，我的身体像一根羽毛，轻飘飘的。

秀　兰

已经两个多星期了，孩子他爹还是拖在那里，这么多天，他只喝了几口水，他身上真是一点肉都没有了。我想他不会拖多久了。我问他要不要大吉回来，如果想大吉回来，就点个头。现在他说话声音已经很小，不把头凑到他边上已经听不清了，只能看他的口形。他不是不想要大吉回来，他是怕影响大吉的工作，城里工作不像农村。再说大吉已经回来好几次了，每次他都活下来了。我也觉得不能再给他们添麻烦了。他们有他们自己的事情，谁让他一连死了几次哩。现在他连水都不再喝了，我看他是真不行了。今天中午，他忽然让大利把他从床上扶起来，把大利弄得莫名其妙。大利还是照他说的，把他扶了起来，并按他的要求，给他找来一个便盆。他说他要大便，并且说他的大便一定要用东西装起来放到我们家的田里去。大利嫌脏，很不情愿，但最后他发火了，他说，让你做你就做。大利最后还是照他的意思办了。他说不这样，将来子孙将没有饭吃。他临死还这么迷信哩，幸亏不是大吉。要是大吉肯定不会听他这一套。其实子孙有没有的吃，并不在他那一点大便。

杨　中

我感到眼睛睁不开了，我感到天花板在我眼前旋转，电风扇也在飞。我感到我身子非常轻，好像一根毛一样在飞着。我看到我爹我娘在河那边喊我，我看到他们了，他们还是穿着去世时穿的衣服，和死的时候一样。他们居然还没有什么变化。他们在向我招手，他们到底是我的亲人呵。我忽然觉得我很想念他们，难怪母亲在世时说，娶了媳妇忘了娘。我真的把他们给忘啦。现在我忽然觉得我很想他们，这么多年七事八事，居然把他们给忘了。真不应该呵。他们在河那边喊我，好像在喊我的小名。叫我杨子。那大约就是奈河边，一过那条河就是另一个世界的人了。我奔到河边时忽然隐隐听到亮亮叫我的声音，还有大吉、大利、冬冬、腊腊、夏夏，还有秀兰。我忽然停下来了，我该往哪边去哩。两边都是我的亲人，一边是我的父母，一边是我的子女。我还是停了下来，他们是我的骨血呵。我真的舍不得他们了。我看到大吉从城里回来了，还有冬冬他们姐妹三个。他们在后面哭哩。就像当年我爹死的时候，我哭他一样。我知道我活着时对他们是一个负担，但我一旦真的死了，他们还是会想念我的，有爹与没爹就是不一样呵。我看到他们一个个朝我奔来，原来我还对秀兰讲，不要通知他们了，他们有他们的事，其实我从心里真的想他们回来，最后看他们一眼。他们是我的骨血，是我留在世上最亲最亲的人呵！想到以后我们永远也不能相见，我感到心里像刀割一样。我终于回过头来。我听到他们喊我。我睁开眼，是亮亮。

亮亮手里正拿着一只苹果在啃。发出咕吱咕吱的响声。爷爷，你睡觉了吗？亮亮说。我朝亮亮摇摇头，我感到我的眼睛里正在往外面流水。我已经好久没有泪水了。爷爷，你哭了。亮亮说。我只是朝他眨了眨眼睛。我想说我没有哭，但是我说不出口。我没有力气，我说不出来了。我一点力气都没有，我的力气用完了。

爷爷，你是不是没有劲？亮亮睁着大眼睛说，我爸爸说，你这么多天不吃饭没有劲了。我朝亮亮点点头。

你吃了苹果就有劲了。亮亮把苹果送到我的嘴边。那是一只青苹果，我闻到了苹果发出的青香，好闻极了，我好像从来没有见到世上还有这么好的苹果，这么好闻的东西。我才想起我已经有三个星期没有吃什么东西了。但我早已断了吃东西的念头。但现在面对亮亮送到嘴边的苹果我非常想吃一口。亮亮把苹果递到我的嘴边说，你吃吧，吃了你就有劲了。我真的啃了一口。又甜又香。一会儿，我就把半个苹果啃完了。亮亮看着我吃东西，说，爷爷，你不会死了，你吃了苹果就有劲了。

我发现我哭了。我发现其实我真的不想死，一点也不想死。没有人愿意死。但我已经要死了。吃了几口苹果，我忽然觉得我有了劲，身上有了一丝力气。

爷爷，我爸爸说，你要死了。亮亮忽然说。

我朝亮亮笑笑。其实我笑得一定十分难看。我尽量笑得好看一点。我怕吓着孩子。

死是什么？亮亮又说。

死就是爷爷再也见不到你，你也不会再见到爷爷了。我说，其实我的话只在喉咙里，我只张了张嘴，我无法说出来，我已经说不出来话了，我再使劲也说不出声音来，我感到难过极了。这一用力，我立刻气喘得厉害，我只好无奈地向亮亮笑笑。也许等他长大之后，他还会想起与爷爷的告别。我朝亮亮向外努了努嘴，亮亮以为外面有什么好玩的东西，就向外面去了，我怕吓着了亮亮。我希望我在他心里留下一个好印象。

秀　兰

我从塘边回来，就看到亮亮一个人在门口逗鸡，追着一只公鸡在后面赶。我说，亮亮，去看看爷爷。今天早晨起来我就觉得他今天不行了，我有一种预感。我说给大利听，大利不相信。他说他爹今天精神好得很。其实那是回光返照。他一点都不懂。我早晨给他倒水时，就感到他今天与以往不一样。他用一种奇怪的眼光看着我。好像生怕我把他丢了似的。他的眼光里好像有雾。我给他洗脸时，他好像想用手抓住我，但他没有力气，只是动了动手指。我说，你是不是还有什么话，你的东西都办齐了，你放心，你要是还要什么就说，你想是想叫大吉回来就眨个眼。但他半天也没有眨眼睛。我没有时间陪在他边上，还有许多事要做，家里什么事都指望我一个人，大利讲起来也是当爸爸了，可是什么事都指望你。还要请抬材的吃饭，还要准备办丧事的物品，还要通知人送信，这些都得事先准备着。我头都烦大了，但我还得出门求人。这年头求人办事也难了，我走出来时，听到他在后面叹了一口长长的气。我知道他一定有什么不顺心的地方，他又不肯讲，也许是等大吉，他不说，我现在也无法通知大吉了。等他死了再说吧，大吉也有一大堆事。现在什么事都落到我的头上。大利呢，什么也不懂，什么事都得你操心，大吉又在城里，冬冬他们自己也有一大摊子事，我觉得他今天是难挨过去了，大利不相信，我还是要他通知抬材的，万一有个三长两短，总不能没人抬材，这会让人家骂的，到时人家会骂我，骂杨家无人。有时我倒想，我先死了，就好了，省得烦心。但他不让我死在他前面。我想他肯定不会挺过今天了。大利还说他今天精神好，其实这是回光返照，他青年人一点也不懂。从早晨起来我一直忙着筹备丧事，忙着给人打招呼，忙着借东西，忙着请人来帮忙，心里乱糟糟的，其实我早就知道他早晚要死的，但他真的要死了，我心里也乱乱的。这会儿，我有好长一段时间没有顾得上看他了，我还得做晚饭给抬材的吃，还得准备一些必要的东西，样样都得操心。我让亮亮看一看他爷爷，亮亮这会子到堂屋去了。一会儿亮亮回来说，爷爷睡觉了。

亮亮这样一说，我心就往下沉，你有没有叫爷爷。我说。叫了，亮亮说，他不答应我，他睡觉了。我赶忙放下手里的东西，跑进屋子，我看到杨中躺在门板上，脸对着天花板。我叫了声老杨，他没有作声，动也没有动，我用手在他鼻子前试了试，没有感到呼吸声，我又用手在他眼前晃晃，他还是连眼珠子都没有眨一下，我知道他真的走了。我对着山上大声喊，大利大利，你快回来，你爹死了。亮亮还在望着我，还以为我在说笑话，我一把按住亮亮的头，亮亮，给你爷爷磕头，给你爷爷送送终，你爷爷死了。亮亮睁大了眼睛看着我，最后还是跪了下来，后来我就听到了大利从外面回来的脚步声，和他爹的一样沉重，过了许久才发出一声粗哑的男人的哭声。

爹……

父亲的光荣

父亲去世三年了，他长眠的地方已是坟草青青。每年的清明或者冬至，我总是抽出时间去他的坟上看看，给他烧一堆纸，祝他在地下安息。我不知有谁会像我这样在他去世之后如此怀念他。我时常想起父亲，我觉得他的去世把许多东西都一起带走了，使我的生活留下了大段大段的空白。随着父亲去世时间越来越久，这个空白也就越来越大，我知道这是任何东西都无法弥补的，这也是我最大的损失。

父亲去世时，是在七月的一个傍晚，他是和太阳一起落山的。接到弟弟电话的时候，我正在南京的家里吃晚饭。那时新闻联播还没有开始，我端起饭碗的时候，电话响了起来，我突然产生了一种不祥的预兆。我抓起话筒，就听到了弟弟急呼呼的声音，爹走了。弟弟说，妈让你快回来。什么时间走的？我说，那时我还没有意识到父亲已经永远离开了我们。两个小时前，弟弟说，你快回来吧，

家里等着你。然后弟弟就把电话挂了。我抓着电话愣了几秒钟，才意识到父亲去世了，我意识到从现在起我成了半个孤儿，我觉得我一下子好像掉进了一个黑暗的洞穴里。我走到饭桌上，端起碗却又放了下来，我一点食欲也没有了。父亲怎么了？妻子说。我的泪水一下子涌出来。

说起来你也许不信，一听到父亲去世的消息，我首先想到的是写一篇关于父亲的小说。这听起来有些荒唐而且大逆不道，但我当时的确是这样想的。自从几年前，父亲病危起，我就开始在脑子里酝酿着父亲的故事，我一直在结构着关于父亲的小说，后来因为父亲死而复活而最终流产了，但现在父亲真的去世了。我真希望这次与往常一样仍然是一场虚惊，但我知道这次不是。在回家奔丧的车上，我首先想到的竟是我的小说，这一点我非常吃惊，连我自己也感到不可思议。我想念我的父亲是真的，我当时在构思我的小说也是真的，我只是想把我的父亲写下来，让他活在文字组成的世界里。我首先想到的是，我再也听不到父亲的故事了，父亲的许多故事同他一起消失了。也就是说，他把许许多多的故事一起带进了坟墓。我一直认为父亲带走的故事足可以写几本大书，比我见到的所有以家族为题材的故事都要丰富而精彩。当代几个以家族为题材的小说在我看来，与我父亲的叙述相比，简直是小巫见大巫。我父亲是天生的讲故事能手，在他后来生病的几年中，在他孤独的晚年，他几乎把整个的时间都用在讲故事上了。讲述故事是他的一种生活方式。我就在那个时候听到了许许多多有关他自己和他的家族的故事，我深信那是一本大书，比我们所有的大书还要精彩。但我那时还没有完全意识到这一点。我不仅没有做录音，甚至连最简单的笔录都没有，这同样是我后来后悔不已的一个原因。

父亲说过很多有关他的家族创业的故事，在我听来很像马尔克斯的小说。比如说，他说我们唐家的祖先从外地迁徙到我的故乡时，这里还是一片蛮荒，山上到处都是凶猛的动物，野猪出没，时有虎踪。我的祖先靠一把篾刀闯天下，有一次在回家过年的途中，在江上遇到一群海盗，我的篾匠祖先看似平凡却身怀绝技，面对刀丛，谈笑自若，当匪首挥刀袭来时，他只将袍子一挥便缴了海盗头子的鬼头大刀，令一群海盗叩首称臣。我的宽容而善良的祖先不仅没有伤害他们，反而发给了他们回家的路费，令他们从此弃恶从善，表现了难得的豪侠风度，令人神往不已。诸如此类的神奇故事，我父亲还讲了很多，当然是在他情绪特别好的时候。

我父亲对此津津乐道，那时听到这样的故事我觉得非常过瘾，但现在那些有关我们祖先的故事有多少真实性我感到可疑，唯一使我相信的是我祖先的善良，我对这一点深信不疑，因为直到我父亲这一辈人，他们都是极其老实的农民，如果他们真的有那么大的本事，他们又是最早到江南来开发的北方人，那么他们不凭别的就凭他们的本事他们也早已成了富甲一方的大地主或者富农什么的。说来可怜，到我爷爷时我们家族几乎家徒四壁，轮到我父母和我爷爷分家时，只分到一间比现在的厨房还要小的茅草屋，另外就是一张三条腿的饭桌，这只饭桌直到我上大学时还在家里发挥着作用，所以它后来常常成为我母亲用来攻击父亲家族（主要是我爷爷和奶奶）的一大罪证，真是铁证如山。这就是你奶奶分给我们的好家当，我母亲常常当着我和我父亲的面发泄着她的不满。因为桌子不稳，经常把菜汤弄泼到桌子上，绿色的菜汤然后像蚯蚓似的沿着那些缝往地上游动。母亲这时便不失机会地攻击我的父亲，看看，我到你们唐家分的好东西。这就是你们唐家分给我的家当。我父亲这

时常常无言以对或者干脆傻笑。他从来对母亲的话不加反驳，也不附和，毕竟那是他的父母。那个家传的饭桌，父亲已经为此修了几十年了，至少换了几十条腿，因为他不是真正的木匠，所以他换的脚，总是过不了太久就开始松动，于是他只好重新换一根新的。在这方面他一点也不像他的心灵手巧的祖先。但父亲唯一可以告慰祖先的是他年轻时有一身蛮力气，这一点父亲自己倒是从来没有提过。我还是从别人口里知道的。在我父亲病重的时候，父亲的朋友麻子来看他，那时候父亲已经像一个老年痴呆症患者，当麻子出现在他面前时，他只用嘴角对他笑了笑。麻子有些吃惊地说，老五，你不认识我了？我父亲再次对他笑了笑。我是家槐啊。麻子说。父亲终于开口说，大老远的，你跑来干什么，你忙。父亲这种话只有我能够理解，在一般人眼里父亲一定太不讲理了，样子好像是责备人家似的。但父亲确实不是这个意思。我甚至怀疑他有没有认清麻子是谁。麻子把一包糕点放下来对我说，想不到你父亲会这样，你父亲年轻的时候壮得像条牛。我没有想到从他嘴里会冒出这样的话来，我看着麻子。麻子说，说了你不会相信，你爹那时一次曾挑过五百斤的炸担（一种大大超出寻常人承受能力的重担）。那次跟人家打赌，赌二十块臭干子，你爹硬是一口气挑起五百斤重的炸担还把肥送到了田里，回头照样把二丨块臭干子吃下了肚子，把一个村子的人都镇了，如果你爹不是那年从歪歪车上摔下来，今天也还是一条好汉。我没有想到我爹还有这样一段光荣历史，他从来没有提到过，他只讲过他当兵的历史，还有其他一些事情。我无论如何也无法把年轻时挑炸担的父亲与现在躺在床上奄奄一息的父亲联系起来。这时我想起一句古话，三十年河东，四十年河西。父亲现在正好在河西。人生就是这样。当年他曾与麻子一起在马鞍山十七冶工

作，他是从部队转业去的。因为当过兵，又比麻子早几年进去，自然级别比麻子高，麻子是大办钢铁那年才进去参加大会战的，后来也和父亲一个单位，因为大家是邻村的老乡自然经常往来。那时大办钢铁到矿上工作的人几乎多如牛毛，后来大办钢铁结束时，许多人回到了老家。回到老家的另一个原因是那几年全国闹饥荒，城里比农村还要吃紧，这样一来，那些新进城的工人像听到四面楚歌的楚国老兵一样放下手中的工具统统回到了农村。麻子在那次回乡大潮中居然坚持了下来，好像有什么先见之明，这令许多人日后羡慕得要死。在那些年里，麻子似乎是唯一的诸葛亮。其实他们没有想到麻子之所以能待在城里没有回家很大程度上是因为我父亲的关系，这一点只有他们俩知道，而我父亲几乎没有提到过。我父亲不是那种津津自夸的人。

我乘车到达中华门时，已经没有了去水镇的中巴，我知道中巴最后一班发车时间是五点，而公共汽车四点半就停开了。但我知道我必须回家，我看到还有去马鞍山的中巴，就跳了上去。这样做虽然绕了路，但可以保证我当晚回到家里。我没有什么可以选择的。我选择从马鞍山回家，我想这多少与我的下意识有关。我后来甚至认为这实际上是我父亲冥冥之中在给我的昭示，马鞍山这个城市在我的父亲的生活中曾经占据了相当重要的地位，就像他人生旅途中的一个重要驿站。我不知是否是我父亲让我替他重新问候这座他当年生活工作过并使他受伤的城市。在我们家乡有去世者在死后到他走过的地方收脚印的传说。死者的灵魂总是在他死后到他曾经去过的地方走一趟，意为收脚印，我想这也就是相当于生者故地重游作最后告别的意思。一个半小时后，我就到了这座城市，这是个有着

高大烟囱和高炉的城市，这个城市到处洋溢着一种煤炭的气息，那是一种芬芳的气息，虽然这是一种极为有害的气体，但它曾经留给我父亲一种十分美好的印象。我父亲直到他临死前也不认为这种气息有什么害处。这种气息从某种意义上说正好标志着一个城市，我父亲常常跟我说，等你闻到煤炭的气息了，那就说明你快到城市了。

由于我父亲在城里受的那次工伤，对他后半辈子的生活产生了巨大的影响，甚至可以说影响了他后半生的命运。我父亲的身体一直铁打似的，就是那次事故也没有完全摧垮他。说起来没有人相信，我父亲从来就没有恨过这座使他后来吃尽苦头的城市，他甚至对此津津乐道，好像那对他是一个美好的回忆。他爱这个城市，他甚至为此感到无比骄傲。这就是我父亲。这一点也是我妈对他不满的地方。

父亲到马鞍山的大致时间应该为一九五三年冬天或者五四年春天。因为这一点可以从他转业的时间上算出来，他本来是准备参加朝鲜战争的，他几乎都穿上了志愿军的服装，当时他所在的那支部队正在徐州紧张训练，以便开赴前线。他当时是坦克兵，在一支装甲部队服役。是一个装弹手。后来五次战役胜利了，朝鲜战争也胜利结束，根本就不需要我父亲去当英雄，他们那支部队也就和当时许多这样的部队一样成批地复员了。我父亲功亏一篑。我常常想，像我父亲这样的人如果上战场，一定会当英雄，因为他从来就不会考虑生死问题，只晓得向前冲，但命运不济，使他失去了这次当英雄的机会。我父亲如果上战场只有两种结果，要么是当英雄，要么是当烈士。但因为朝鲜战争结束了。他什么都没当成。军令如山倒，这是我父亲在部队学会的为数不多的部队术语，我父亲二话没说就背起背包转业到了马鞍山，那时鸡窝矿的马鞍山刚刚发现矿藏含量远不止一个鸡窝大，远在北京的毛泽东巨手一挥，一座新型城市就拔地而起了。和许多城市一样，当时到工地上的大部分工人是军人。这是中国城市的一大特色。父亲和许多身着黄军装的退伍军人一起来到了这座正在新建的城市，开始了工人生涯。我父亲像一块砖一样，哪里需要就可以往哪里搬，他一点也不在乎。事实上当时还是像在部队一样以服从为天职。部队一声令下，我父亲就到了马鞍山。我父亲到部队未能立上一个功令他耿耿于怀，所以到了工地后，就想表现一下自己是条汉子，我想后来也就是这种农民式的英雄主义断送了他半条腿。

我到达马鞍山时，天已经是晚上九点了，到处灯火通明。那些高大的烟囱仍然在喷着粉红色的烟雾，我想大约从我父亲在那里起，这些烟囱就在冒着这样的黄烟和红烟了。上大学后，我无数次地经过这个城市，但我从来没有想到要去我父亲当年工作的地方参观一下。我想他也许就在那个高大的烟囱的边上，有一点我可以肯定，他肯定不在九号高炉，因为那是毛主席来视察的地方，如果他在九号高炉，他一定会对此不厌其烦地津津乐道，可他一次也没有提到过。

我父亲最后一次到这个城市大约是一九七九年秋天。那时到处都在落实政策，也不知从什么地方吹来一股风说，像我父亲这样的人也在落实政策之列，可以到原来的工厂工作，或者要求自己的子女顶职，那时这个消息传得活灵活现，传得非常广。而且真的有不少人，尤其和父亲那一批回来的人都蠢蠢欲动，他们这么多年在农村吃够了苦头，所以一听到这个消息就真的带着锅巴大饼赶到了马鞍山，指望能给自己的子女弄一个城市工作，当时当工人是社会上

最吃香的事情，是许多人一辈子做梦都不敢想的事。我们那一带在六〇年大饥荒时回家的人太多了。等后来饥荒过去，许多人看到像麻子这样没有回家的人开始过上了工人老大哥的幸福生活，后悔得恨不能跳河。那时打倒“四人帮”不久，平反恢复工作知青上调回城诸如此类的事层出不穷，我想一定是在哪个环节上出了问题。不知怎么消息竟传成了这样。关于我父亲的消息就传得更加玄乎。都说像我父亲这种情况完全可以落实政策，而且可以让一个子女去顶替工作。不仅如此还将补发这么多年我父亲因受工伤而停发的工资，甚至有人已经在为我们家算了一笔账，至少可以有好几千块钱，要知道在一九七九或八〇年春天的时候，这绝对是一个天文数字。消息传得如此逼真，我们都相信是真的了。那一年秋天，我们家门口几乎天天聚集了一大群人，他们到我们家来谈这个问题，为我们家高兴，许多人在为我们家算账。他们羡慕地对父亲或母亲说，这一下，你们家发财了。或者说，五娘，这下你们翻身了。那一段时间家里像开茶馆似的，门庭若市，每天晚上人来不断，我们家从来没有这么热闹过。人一来，母亲便让我到大队的代销店里赊烟。有时是拿鸡蛋去换。烟是一毛多钱一包的大铁桥或者春风。我去买烟，代销店的大头就说，你爹的钱补下了吗？我通常只是对他笑笑，大头进一步开玩笑说，你不要上学了，过一阵子就要当工人了。那是我父亲最高兴的一段时光。我母亲也满脸喜色。大伙都说，这下，你们熬出头了。我爹在一旁大方地散烟。屋子里烟雾腾腾。我母亲则忙着给客人倒茶，有时还炒一点瓜子花生什么的。我父亲大部分时间只是在一旁笑笑，笑得十分自信，有时也附和别人两句，借此表示他曾经是一个城里人，有时纠正别人两个常识性的错误。有人说，算起来，你应该比麻子工资高，我父亲立刻说，我肯定比他高，我回来时就四级了，他才二级。我要不回来至少八级了。当时八级是最高级。那时麻子已经是七级了，所以我父亲才这样说，事实上他很看不起麻子。只是麻子比他运气好。于是旁人又说，这回要是补发，你恐怕有好几千块。这要看他怎么算了。父亲颇有些城里人的城府说。他装得很自信。你要好好算算，他们城里人有时会打马虎眼。一个村人提醒说，我上次卖一只鸡，他当我不识数，硬少算了我一毛钱，幸亏我当场就算了出来。父亲说，这个你放心，政府有政策，他们不敢胡来的。父亲对政策是绝对相信的。父亲说到高兴时，母亲总是要泼一瓢冷水。好像你真要拿到似的。在这方面母亲比父亲冷静。但其实母亲心里的高兴是谁也看得出来的。那些日子她的脸上出现了少有的红晕。她已经不那么反对父亲谈矿山和城市，也不反对父亲抽烟了。母亲最希望的事是我能到工厂顶职，钱不钱对她不是最主要的，她希望我能到工厂顶职，那时我正上高中，虚十八岁，正好可以顶职。弟弟还在上初一，显然这个职是让我来顶的。母亲的想法是只要我能到城市顶职，就不愁讨媳妇了。对家长来说最重要的就是儿子讨媳妇。而在农村讨媳妇是一件十分头疼的事，我们家条件又不好，每年年终分红基本持平，有时还要超支。钱不钱倒不要紧，母亲说，只要能把大龙搞到城里去就行了。这是母亲的真心话。当时关于父亲要补发工资，我要顶职的消息传得非常广泛，可以说全公社尽人皆知，比我后来考上大学的消息还要传得广。

这个消息之所以被传得如此逼真，我想这与父亲的朋友麻子的到来有关。就在我父亲的消息被传得沸沸扬扬时，麻子在一个秋天的傍晚真的出现在我家的门口。麻子出现时，我们一家正在门口的那只古老的长条桌子上吃晚饭，晚饭当然是稀饭。稀饭被喝得很响。父亲把咸萝卜干咬得砰砰脆响。快六十岁的父亲的牙齿仍像刀一样锋快。我埋头喝稀饭时忽然就闻到了一股煤炭和汽油的气味。我抬起头看到了一顶白色的草帽，上面印着“马钢”两个猩红的大字。我接着就看到了那脸麻子，每一个坑里都溢满了汗水。我还在出神的时候，我妈眼尖也发现了对方，喜出望外地说，哎呀，是同年（他和我父亲是同一年生的，在乡下这样熟人就叫同年，也就是一种朋友的关系）到了。母亲一边端凳子一边倒茶说，什么风今天把你吹来的，稀客呀！我父亲这时才呵呵笑着用手抹了抹嘴唇说，没吃饭吧。说着就指挥我姐去烧晚饭。麻子一挥手说，不要忙了，就随便吃点吧。那怎么行，我爹慷慨地说，这么大老远地来一趟，菜没有饭还能不吃！一会儿我就闻到了炒鸡蛋的芬芳，那时候只要闻到鸡蛋的香味，就知道家里来客人。麻子很久没有来过我们家。虽然他与父亲是朋友，从某种意义上说，他今天的一切还是父亲给予他的，但这么多年过去了，再深的友情也被时间之水稀释了。父亲从来没有提过这件事，也不觉得他是麻子的恩人。只是母亲有时借题发挥地发发牢骚。母亲把麻子的到来看成一种吉兆。麻子事实上不等他们开口就说明了他的来意。德刚，麻子说，你有没有听说你的消息？麻子不叫父亲的小名老五，也不叫他同年而叫他德刚，大约是想表示自己是个城里人。也许是想表示对父亲的尊重。已经很久没有人这样称呼父亲了。父亲愣一下才知道对方是在称呼自己。父亲笑了笑说，我还说有空到你那儿去看看哩。

你也真坐得住。麻子不满地说。我早想来一趟，就是来不了。你知道你几个侄女一到城里，一家六七口人就指望我一个，根本就跑不开。麻子前两年把一家人都弄到了城里吃国家粮了，这也是大家相信父亲这回要落实政策的一个原因，他们认为麻子的位置当年还是父亲让给他的，不然凭他那种烂龙的样子什么也干不成。连麻子都有本事把家里人弄到城里，像父亲这样当年又当过兵的，更是应该可以把儿子弄到城里顶职。父亲虽然没有明说，他心里也一定这样比较的。我爹还没有说，母亲便抢着说，他呀，死人头一个，像算盘珠子，你不拨他就不动。我早叫他到城里找你，他不去。父亲只是嘿嘿笑着。

这种事就要跑，你不跑他还会找你吗？麻子以城里人的口吻说。

哪个不这么说，母亲埋怨说，你怎么讲，他就是不听，好像去了人家会割他肉。

你这是光明正大的，麻子说，你怕什么，国家有政策，你是工伤，又是老兵，当时你就是二级工伤。你要是不回来，现在至少是八级工了。比你晚的人都是八级了。

父亲说，那是。我回来的时候就是四级了。父亲没有更多的话。

你又不是好好的回来的，你是工伤，这是谁都知道的，麻子说，这回落实政策，不说算几个钱回来，至少能把小家伙弄一个到城里去做工。

当时他们都不要我回来，父亲说，他们都要我留下来，说你不像人家好腿好手，你腿有问题，回去生活不方便，你在这里厂里总是会养你的。父亲清晰地举了几个基层领导的名字。虽然二十年过去了，他对这一点仍记忆犹新。

现在说这些有什么用？母亲不耐烦地说，你还是问问同年，这回招工的事有没有办法。

父亲便闭了嘴，要不是母亲打断，他一定会重新翻起那些陈芝

麻烂谷子的事。

我是听到这事的，有人都在办这事了，所以我才来通知你们一声，麻子说，怎么说，我们也是朋友，再说当初五哥还帮助过我。我欠五哥的情分。

都是朋友，说这些干什么。母亲说。我父亲也很豪爽地地挥手，好像把过去的事都忽略不计了。但麻子对具体事情也不甚了解，他也是听人家说的，所以赶来告诉父亲一声。他所说的和乡下传的消息差不多。他怕父亲不知道，特地来通知一声，免得错过这个千载难逢的机会。但他说的，我父亲差不多都知道了。麻子让我父亲赶紧带着有关资料如工伤证书、转业证书等等之类的东西到原单位去打听，事情宜早不宜迟。在麻子离开后，我父亲仍一个劲地抽烟，我母亲对他不满地说，像你这样，黄花菜都凉了。以我母亲的想法，第二天一早就要去马鞍山。但我父亲迟迟没有动静。我母亲对此大为不满，其实我父亲之所以这样也是迫不得已，这么多年来，他根本就没有想到有一天他还会重返马鞍山，世事沉浮，沧海桑田，许多东西早就散失了。人是没有前后眼的，谁也不知道这些东西有一天还有用。我爹在接下来的几天中翻箱倒柜，最后只找到一本发霉的退伍军人证书。工伤证书什么的，早就不在了，我爹想起，有一份证明被当时拿来换了油条。这一点令我父亲非常失望，并动摇了我父亲去马鞍山的信心。还有一点让我父亲信心不足的是，听麻子说，他当年认识的几个基层领导都已经不在了，死的死了，走的走了，他这样去他很怀疑别人是否会买他的账。但最后他在我妈一再催促下，还是跟我姐夫一起到了马鞍山。当然这次到马鞍山什么目的也没有达到，工厂说他们不清楚这件事，他们有了消息再通知他，事实上后来什么消息也没有，事实证明这是一场空欢

喜，后来我父亲再也没有到过马鞍山。

到达马鞍山时已经没有到平山镇的中巴，我只好硬着头皮从麻子家借了一辆自行车，我当然没有说我父亲已经去世的消息，只是说我父亲身体不好，家里通知我回去一趟。麻子很大方地把车借给了我，他还说，幸亏当初你爹没有让你到马鞍山顶职，不然你不会有机会上大学，工人现在一点意思都没有。我知道他这样说，纯是好意。现在城里到处有人下岗，听说麻子的女儿也有两个下岗在家，自己的退休金也不能月月保证，所以他才有感而发，但现在听他说这番话心里很不是滋味。我临走时，他说，问你父亲好。让他有工夫到城里来玩玩。我点了头，我不敢让他看到我的眼泪就匆匆地走了。我在心里对他说我爹再也不会来这里玩了。我披着一头星光往回赶，把自行车骑得飞快。我从平山镇经过时想，我现在再也不能与父亲一起到平山镇了。我想起了二十多年前的那个卖山芋的早晨。

我在村子的路口碰到弟弟。他是特地在路上等我的。我远远地就看到路中间有个黑影，我从侧影看像我弟弟，我说，是小龙。他嗯了一声。我听得出来他声音有些喑哑。我们并排往回骑，没有谁提及父亲的事。都回来了？我说。我指的是我几个在外地的姐姐。都回来了。小龙说。

父亲最早一次犯病还在几年前。那次他摔了一跤，造成股骨颈和腿骨骨折。父亲躺在床上半个月，没有人知道他的腿断了，他自己也从来不提，他的腿肿得一塌糊涂，发了一个星期的热，但没有人带他去医院，他自己也没有哼一声。他一个星期几乎滴水未进。他们以为父亲不行了，把我叫了回来，我和弟弟用一辆板车把父亲拉到镇上医院，拍片后发现父亲明显腿部和髋部股骨骨折。医生问我多长时间了，我说已经有一个星期了，医生严厉地批评了我。说早在一个星期前就应该把他送来了。现在他也不知道他能不能治好，因为股骨颈骨折是很难治的。我一下子感到了事态的严重。我父亲一定也知道事情的严重，但他没有任何表示，仍一脸的平静。我问医生如果去南京的医院怎样，他摇着头表示无可奈何。我只好按医生吩咐把父亲送回家采取保守疗法。我不想这样让父亲等死。为了治疗和照顾的方便，最后我联系了马鞍山人民医院，我的一个同学在那里当医生，他告诉我的情况与我了解的基本一样，他们对结果很难保证，说只能治治看。他们无一例外地说着极其保守的话。医生在回答问题时总是故弄玄虚。那次我联系好了医院，已经做好了一切准备，我弟弟已经找人把躺椅抬到了村上，但父亲却坚决不肯坐躺椅，也坚决不肯到医院去。他说他宁可死在家里，他不想把自己的一把骨头扔在马鞍山，他说他再不想去马鞍山了。父亲当时的理由是他怕死在那里被火化，他想在死后土葬。这一点我倒是相信的，但我父亲之所以不肯去就医，主要是怕花钱，当时家里条件不好，他不想再给我们添什么负担，他也不想给我们增加什么麻烦。后来父亲生病的那些日子里，他固执得像个孩子，他只听我一个人的。但我那时因为单位的事情多孩子又小不能常常回去，没有完全尽到做儿子的责任，这对我是一个永远的自责。

我们赶到家里，门口已经坐了不少守灵的人。姐姐她们几个人围着父亲的遗体在哭，另外四个抬棺材的人在桌子上打麻将，他们好像根本没有意识到我父亲去世了。我妈早就在门口等着我，我一到，她就哭道，儿呀，你爹不在了，你没有爹了。

我伏在我爹的身边就哭了起来。但我发现我一时却没有眼泪。

我妈马上让人把我拉开了，说你不能把眼泪弄到你爹身上，否则他将无法投胎转世。这样一来，我只好停止哭泣。我爹这时完全是一副死者的打扮。身上穿着一件藏青色的长袍、穿着一双紫色的尖头寿鞋，头上戴了一顶红色的帽子，我爹的样子好像睡熟了。我爹就这样躺在门板上，下面点起了长明灯，在他的头顶前方放着一碗倒头饭，里面放一只生蛋，上面插三根筷子。在小时候我最怕看到这样的东西，这样的东西就像西方电影里的骷髅代表了死亡一样令人恐惧不安。我没有想到我父亲就这样离开了我们。现在已经生死两隔了。我的姐姐们看到我回来了又大声地哭泣起来。她们一齐哭道：我的亲老子呀我的亲老子哎你现在走了丢下我们怎么办呢这下子我们再也见不到你了下次我们回来再也看不到你了人家有爹我们没有爹了……就在这个时候，我再次感到我自己真的成了半个孤儿，我的心里空落落的，我忽然觉得我父亲的去世一下子把我扔进了一个长长的黑洞里，无依无靠，我就坐在我父亲的遗体旁开始构思这篇小说。

父亲的坟后来埋在了我们家后面的水镜山上。这是我父亲的遗愿。做出这一决定令我们唐家人大感意外。因为我们唐家是一个大家族，我们的祖先的坟墓都埋在离家五六里的一个山上，那是我们家族第一代开创者埋葬的地方，后来家族里所有的人去世后都葬在了那里，那是我们唐家的坟山，记载着我们唐家的历史。我爷爷奶奶都葬在那里，我们每年都到那里为我们的先祖烧纸钱。我们唐家的男人几乎在大年三十的早晨倾巢而出。这是我们家族最隆重的一次祭祀活动，但父亲从来都不参加。后来我才知道父亲是以此表达他对过去受到其父母不公正的待遇的一种反抗。另一方面，他觉得自己当过几年兵，要与别人有所不同。父亲在去世前就表示，他死后随便找个地方也不去祖坟那里，因为他不想与他的父母在一起。他没有多余的话。但我后来还是知道了他与父母的关系。我母亲和我们全家都尊重父亲的遗愿，坚决把父亲葬在了他自己选择的地方。我想他是以此表示他的不满。其实他对我的爷爷和奶奶的不满要上溯到很远的过去，我还没有出生，连我的姐姐都没有生下来。那时我母亲刚刚嫁过来不久。大约也就是四七或四八年。那时国民党已经摇摇欲坠，到处抓壮丁，那时白天黑夜都有国民党兵闯进村子来抓人，当然是青壮年。我父亲被抓起来是在那一年的秋天。因为那时田里刚刚收获了稻子。我对这一点记得很清楚，因为我母亲后来反复提到了这个细节。其实国民党来抓的本来并不是我父亲，而是我的大伯，抓壮丁的进村时，我父亲恰好那天出外帮人家打工去了。家里的活一做完，我奶奶便让我父亲外出帮人家打工挣钱，而我的大伯那时却在家里休养，我奶奶说，老五，你力气大些，你出去帮人家干活。这样既省口粮又能替家里挣钱。这使我奶奶非常高兴。我父亲一走，我奶奶就把家里一只老黑母鸡杀了给我大伯补身体。那时我母亲已经怀孕，外婆送给母亲一只大黑公鸡补身体，父亲一走，奶奶便将大黑公鸡杀了炖汤给大伯吃，那时我母亲正在外婆家里。那天我大伯大妈和我爷爷奶奶他们正在桌子上啃那只煨得稀烂的母鸡，也许是那只母鸡的香味吸引了抓壮丁的保长。他们循着香味闯进了我奶奶家。我大伯那时正在啃一只鸡腿。保长带了两个人先是看到了桌子上的鸡，然后才看到了比鸡更能吸引他们的我大伯。其实我大伯并不比我父亲瘦弱多少，只是显得皮肤黑一些而已。就在保长看到我大伯的时候，我大伯也一眼看到了保长和他身后的两个差人。谁都知道保长是下乡来抓壮丁的，那段时间村子里青年人白天都上山躲着保长和差人。但那天我大伯因为一只鸡而麻痹大意，被保长抓了个正着。我大伯本能地丢下鸡腿夺路而逃。由于他急于逃命，一抬腿就从桌子上踩了过去，把一钵子鸡汤打得精光。由于汤钵绊了他一下，他从桌子上摔了下来未能逃走，保长手一挥，后面两个差人一拥而上，把他抓了个正着。按照当时的国民党政策，二抽一，何况我奶奶当时家里有三个儿子，除我父亲外，还有一个小叔，当时正在放牛。所以保长早就想抓我大伯，只是一直没有机会。就在他们抓住我大伯准备离开时，我奶奶忽然在保长面前跪了下来。她哭着要求保长放了我大伯。这当然是不可能的，因为保长由于长期抓不到壮丁正要吃官司，他怎么也不会放掉好不容易抓到的一个壮丁。你知道，唐奶奶，如果我放走老大，我就得蹲班房。你们家三个男丁，说什么也要去一个。我奶奶见对方不肯通融，便提出了一个交换方案。说如果你们放了老大我就让你们把老二带走，我家老二比老大还要壮实。保长觉得这倒还是一个可行的方案，便同意等我父亲到了才肯放人。我奶奶立刻让我爷爷去把我父亲从别人家的田里叫了回来。等我父亲莫名其妙地被叫回来时，恰好看到我大伯被两个差人反剪着双手的狼狈相。我父亲一看就明白了怎么回事。我父亲天真地说，你们放了我大哥。他这样说等于痴人说梦，两个差人朝他嘲讽地笑笑，根本就没把他的话当一回事。我爷爷朝保长说，你们放了老大，把他带走吧。我爷爷把我父亲朝保长面前推了一把。保长看到我父亲比我大伯更加结实的身子非常高兴，便让差人放了我大伯把我父亲抓住了，我父亲当时还没有完全明白过来怎么回事就成了壮丁。我奶奶当时假装哭兮兮地说，老五，你哥家里有孩子走不开，你还年轻，去替你哥顶着，过一二年就回来了。我爷爷也给我父亲鼓劲说，老五，你放心出去

吧，新娘子有我们照顾。年纪轻轻的吃几年粮回来算不了什么，两年时间一眨眼就过去了。我父亲是个孝顺儿子，再说他知道说也无益，便不说话，我父亲就这样被糊里糊涂地抓了壮丁。我想我父亲在那一天早晨对他父母的感情开始发生了动摇。但就在我父亲在镇上和其他壮丁一起等着上前线时，我外婆认识的一个朋友张槐在街上看到了我父亲。张槐正好在街上割肉回去给产妇催奶。两天前，我外婆刚刚给他的媳妇接过生，是一个六斤的男孩。当时张槐也跟着人在看热闹，他在街上看到我父亲穿着国民党的灰布军装没有一下子认出来。但我父亲一眼就认出了他。也该我父亲运气好。他恰好看到拎了一刀肉的张槐。我父亲叫了他一声，然后就说不下去了。张槐被人叫愣住了。他吓了一跳，后来才认出是我父亲。他说，你怎么在这里？我父亲就说，你别问了，你快回去告诉我媳妇一声。再晚就见不了面了。张槐拎了肉就跑了回去，路上把草鞋都跑丢了一只。我母亲听到这个消息当时就晕了过去，到底是我外婆见多识广，她说，草珍，哭有什么用，我们马上找你婆婆要人。我外婆是那种雷厉风行的女人。她立刻骑着一头毛驴上了路，让我母亲坐了一顶轿子在后面跟着，就匆匆赶到了唐家村。我母亲还在路上，我外婆就风风火火地骑了头健驴出现在我爷爷家的门口。那时我奶奶正指挥着我大伯在门口的晒场上晒稻子，好像什么事都没有发生一样。我外婆还没有等驴子站稳就跳了下来。我大伯一看我外婆风风火火的样子连忙躲进了屋子里。我奶奶迎着一脸怒气的我外婆走过去。是亲家来了。我奶奶装出一副笑脸说。老大，倒茶。驴子看到满场的金灿灿的谷子就低头吃了起来。我外婆装作没有看见的样子，任驴子糟蹋粮食，她正有一肚子气要发作，所以故意不管。我奶奶不好发作，赶快命我大妈说，秀英，还不把姨妈的驴牵去喂草。我外婆的那头青驴临走时还在场上拉了一大泡板栗似的屎。从这一点上就可以看出我外婆的态度。我奶奶忙着倒茶让座，我外婆根本就不领情。我外婆说，姑爷哩，我家女儿身体不大好，让他到路上接一下。我外婆故意说。我奶奶一听这话就慌了，忙支吾说，他有事现在不在这里。我奶奶那时脸就白了。

那麻烦把姑爷马上叫回来。我外婆坚决地说。他要不来我去见他。

这样一来我奶奶一下子就慌了神。你先歇着，我让老大去把他找回来。

我大伯磨蹭着不肯出门，因为他不知怎么办才好，他只一个劲地拿眼睛往我奶奶身上睃，我奶奶说，让你去找你就去找，你磨什么？我奶奶朝我大伯发火道。但我大伯还是在门口不知所措。

你也不要为难老大了。我外婆开门见山说，我知道姑爷在哪里，他现在在水镇街上，马上就要开拔了。你们不要以为我不晓得，今天我把话丢在这里，我家女儿马上就要临产了，你们必须把我姑爷找回来，不找回来我就不走。我外婆很坚决地说。

我外婆说，你别以为我不知道，保长抓的是你家老大，你却让我姑爷去顶替，他难道不是你养的？你要是说他不是你养的我什么也不说。我外婆在众人面前把事实一抖开，我奶奶脸上立刻像霜打了一样死灰。村子里人都在指责奶奶的不是。我大伯自然是无话可说。我外婆说，你说你是不是人？你要把自己的亲生儿子送死呀？我外婆说，如果你今天不把我姑爷弄回来，我不会饶过你！我外婆是那种说到做到的人。我奶奶对此早有所闻。就在我外婆向我奶奶发出最后通牒时，我母亲从轿子里大声哭着下来了。我母亲一来便倒在稻子上哭我父亲还有她肚子里的孩子，哭得地动山摇。村

子里的人纷纷指责我奶奶。就连家族里人也认为我奶奶在这件事上太过分了。她不应该让老五换老大回来。我奶奶眼看这样下去不是事情只好托人找保长商量，最后保长出主意让我奶奶出四十石稻子买一个壮丁。我奶奶那一年粮食恰好是个大丰收，从来没有过这样的好收成，这等于挖她心头肉，但最后她也只好眼睁睁地看着人家把四十石金灿灿的稻子挑走了。据说后来保长用十石稻子买了个外乡来的呆子送给了带兵的。另外送了那个带兵的十石稻子，当然是兑换成了袁大头。还有二十石稻子进了自己口袋。这事就这样了结了。我奶奶看着好不容易丰收的谷子全送了人家，大病了一场。稻子送去第二天，我父亲就从镇上回来了。后来我父亲与他们的关系一直不冷不热，很快就分了家。当然在分家时他几乎一无所得，理由是为了把他赎回来家里花了四十石稻子，只能算在他头上。我父亲有苦难言只好认命。他在我爷爷奶奶去世后，一直不肯到他们坟上去烧纸，这不能不说是一个主要原因。我想那一次，他一定对自己的亲人失望透顶。所以我父亲在几十年后意识到自己也已经走到了生命的尽头时，他非常清醒地对我们说，他死后就随便葬在水镜山上。开始我们以为我们听错了，或者以为他病糊涂了，因为我们唐家人活着在一个村子里，死后也葬在一个大墓地里，每年过年的时候，祭祀的烟火是最旺的，好像表示着我们唐家兴旺发达，香火不绝。但父亲坚决地说，他没有别的要求，就葬在水镜山上，我不和他们在一起。他说。他们早就把我丢了。我父亲忽然感伤地说。其实他说得没有错，在几十年前的那个秋天，他的父母就把他丢了。是我外婆给他拣回了一条命，所以每年再忙，他都要到我外婆的坟上烧一摊纸。

在整理父亲的遗物时，我只找到一张父亲的照片，父亲生前几乎没有照过什么相。他从来不上街，从来也不照相。这张相还是他当兵时照的。照片上的父亲仍然脸色红润，十分英武，眼睛虎虎有神，从照片上看，父亲当年一定是条汉子。这一点我一眼就看出来了。父亲生我的时候，已经到了不惑之年。所以我永远也看不到父亲年轻时的风采。因为等我稍稍懂事的时候，父亲已经衰老了。那时父亲身上剩下的只有岁月的沧桑。我记得父亲原先有两张照片的，一张是他穿军大衣照的。从照片上推断，他可能在徐州，他后来把这张照片撕了。他认为一个人照相没有什么意思。那张全身站相在家里的相框上保留了很长一段时间，我想我父亲之所以保留那张部队照片，多少是对他过去那段辉煌生活的一个怀念。我父亲后来参军，我想这与他在四七或四八年被抓壮丁不无关系。自从那次抓壮丁事件后，他与我爷爷奶奶的关系一直不睦。五一年春天我外婆就去世了。她去世是因为她半夜替人家接生，回来时从山上摔下来掉进了河里，半夜三更，她因为受伤无法爬上来，就这样死在了河里。我外婆头年去世，第二年我父亲就去报名当兵了。那时政策号召青年去参军，抗美援朝，保家卫国。那时我父亲早已受不了家里的气氛，他一直不被我爷爷奶奶重视，他们一直认为他没有用处，太老实，不会有什么出息。所以我父亲一直有一种想表现的欲望，他不想让自己的父母一直小看着，所以一看到机会来了，别人叫他报名他就报了名。他几乎巴不得早早离开这个家。离开我的爷爷奶奶。这时再也没有人来阻止他了。他希望在外面混出个人模人样来。我想这是我父亲的最初的动机。以我父亲这样一个大字不识的农民当初还不可能有很高的觉悟。我父亲头一天报名，第二天就穿上了军装。我父亲临走之前到我外婆的坟上去了一趟，希望

我外婆能保佑他平安回来。我父亲第一站就到了南京，然后又从那里被人带到了徐州。我父亲对这个地点记忆犹新。在他后来平凡的岁月中，无数次地提到了这个地点。新兵到徐州后，开始分配到连队。带兵的是个老解放。参加过解放上海的战役。后来就是这个老解放使我父亲了解了无数关于他从未去过的大城市上海的大量知识。徐州显然比江南冷多了，我父亲还从来没有见过比胳膊还要粗的冰柱，一根根地悬挂在火车车厢上。好在我父亲还年轻。即使这样，鼻涕还是一下子就出来了。集合的时候，我父亲看到四周张贴着许多大幅的红色标语。写的是“抗美援朝，保家卫国”。我父亲一个字都不识，所以这些字对他显得毫无意义。那位老解放让大伙立正，大伙稀里哗啦地列了一排。队伍排得像麻花子，谁也不知道什么意思。我父亲还在那里直搓手。老解放指着标语说，你们知道这是什么意思？大伙看看标语直摇头。老解放也跟着摇头。你们都不识字是不是，其实也没关系，反正我们不是来上学，而是打仗，只要有力气就行了。这字是抗美援朝，保卫祖国。好吧，现在咱们言归正传，脱衣服。老解放说。大伙好像听错了，东张张西望望，谁也没有动。怎么？让你们脱衣服，你们也不懂？老解放说。大伙这才听懂了。但还是没有动手，这数九寒天，脱衣服可不是容易事。他们对老解放的话非常不解。脱！老解放再次命令道，你们没有听说吗，军令如山倒，让你们脱你们就脱，哪怕让你们上刀山下火海，你们也得照办。我父亲他们就这样把棉衣脱了下来。衣服一脱下来，白肉立刻就冻成了红肉。老解放命他们站成一排，然后他一个个看过来，一边看，一边还捏捏身子骨。一般人早就冻得发抖，浑身筛糠似的，身上的肉开始由红变紫。我父亲那时却铁塔一样立在那里。老解放扳了扳我父亲的身子骨，又打了一拳说，好样

的，在家干什么的？老解放说。做田。我父亲回答。最多一担能挑多少？五百斤。好。就你了。把衣服穿起来出列。我父亲把衣服穿起来时，站到了队伍前面。那些人眼巴巴地希望老解放能下命令让他们也穿好衣服，但老解放毫不动容。老解放一共就挑了十个人。然后说，你们这就喊冷啦，告诉你们吧，到了朝鲜，小便时连鸡巴都会冻掉。说完让大伙把衣服才穿起来。老解放把我父亲带到一个空屋子里指着地上一个圆锥体的乌黑发亮的东西说，把这个扛起来试试。我父亲开始以为是个木疙瘩，掉以轻心，只稍稍用了下力气，竟然没有搬起来。他没有想到这么小的东西会这么重。后面的人愣住了。我父亲红了脸。老解放呵呵一笑说，不要小看这个，一百多斤哩。你知道这是什么，这是炮弹。从今天开始你们练习扛炮弹。我父亲就这样一连扛了几天炮弹。我父亲几天下来便感到没有意思，他没有想到到部队来成天扛这个铁疙瘩，正没精打采的时候，老解放过来对我父亲说，你知道你们要到哪里吗？见我父亲摇头，便说，朝鲜，外国。你们是装甲兵。最现代化的部队。好好训练，那边等着你们过去立功哩。从这一天开始我父亲成了一名装甲兵。一天训练下来唯一的娱乐活动是老解放给他们讲有关上海的故事。讲他参加的战斗故事。我父亲所有的有关上海的知识都是从他哪儿来的。我父亲第一次知道了外面的世界竟如此之大，如此之精彩。我父亲后来在我上中学时的那些不能下地干活的雨天或者在冬天没有活干的时候，他无数次向我讲述有关上海的故事。最著名的是从一个上海大资本家家里抄出来的金麻将金汤匙，从汤里往外车汤的金水车等等。老解放他们抄出来都一一交公了。有隐瞒的都要枪毙。有一个团长隐瞒了一根金耳勺结果被人告发受到了军事法庭的审判。讲得最多的是有关一个部队内部的间谍故事，也是父亲讲

过的最有魅力的一个故事。

在徐州的那段生活，是我父亲最自豪的军营生活，留给他许多美好记忆。以致他后来一次又一次提到这段生活。我父亲那时的工作每天就是把几十斤重的炮弹扛来扛去，以便到朝鲜战场去与美国鬼子较量。大家对每天扛炮弹感到枯燥无味，我父亲也是这样的人，他们的想法都非常简单，与其在这里耗着，不如到战场上真刀真枪地干。老解放做工作说，平时多流汗，战时才能少流血，不要看不起训练。我父亲当时是一心想到朝鲜战场去杀敌立功的，但部队迟迟不开拔，每天都是千篇一律的训练。我父亲的肩膀上已经压出了老茧。手上自然也生出了厚厚的老茧。上前线的时间一再被推迟，后来就在我父亲他们最后一次穿好志愿军的土黄色军装准备乘车到东北过鸭绿江时，上面传来了五次战役胜利的消息。随之而来的是朝鲜战争结束的喜讯，第一批志愿军开始归国。上面来了最新精神，所有原来准备出国参战的部队全部解散。宣布消息那天，老解放把我父亲他们召集到一起，老解放显得非常激动。其实那时四周已经贴满了欢呼朝鲜战争胜利的标语，但我父亲目不识丁自然不知道怎么回事，还以为是欢送他们上前线哩。我父亲暗暗摩拳擦掌。他显然准备到朝鲜好好大干一番的。他早就想离开那个家，在外面干出一番惊天动地的事情来，让别人对他刮目相看了。他觉得只有好好打仗，才能当官，然后留在城里。所以召集开会那天他非常激动，就差没有咬破手指写血书了。老解放说，同志们，现在我要向大家宣布一个好消息，一个大家等待已久的好消息。老解放站在一辆坦克上像演讲家一样挥了挥手，加强语气说。下面立刻议论纷纷，我父亲大声说，肯定要上前线了。老解放让大家安静下来，然后说，现在我高兴地告诉大家一个特大喜讯。我们胜利了！中国人民志愿军胜利了。朝鲜战争胜利了。现在我们就要回家了！说着，老解放像所有那个年代的军人一样兴奋地举起了双手。

这个消息把我父亲砸懵了，也一下子粉碎了他的英雄梦。使我父亲壮志未酬。那天宣布消息后，我父亲显得非常沮丧，他一点也没有想到他连一炮都没有放就要回家了。他想不通。解散后，他仍然跑去扛炮弹。扛得满头大汗。后来还是老解放来检查时发现了我父亲在训练。老解放愣了一下，然后才走向我父亲。你刚才没有听到我们在朝鲜胜利的消息？老解放不解地说。

我父亲点点头。

你难道不高兴？老解放说，你现在可以回家了。你又可以种田啦。他拍拍我父亲的肩膀。我父亲并没有高兴，而是傻乎乎地说，我就白练啦？

我还真没有见过你这样的兵。老解放突然有些感动地说，如果不是五次战役胜利了，你一定可以上前线。战场上太需要你这样的兵了。我父亲也是这样想的，如果他上了前线，我一点也不怀疑，我父亲至少可以弄个一等功或者勋章什么的。当然他也可能血洒沙场。临离开部队时，老解放从自己口袋里拔下他天天插着的那支粗大的黑色钢笔别在我父亲的口袋里。我父亲说，我又不识字，要这干什么？老解放说，拿着吧，这是我参加解放上海获得的战利品，给你作个纪念，将来你也许用得着。有机会还是要识字，现在是新社会了，做什么工作都需要文化，还是识字好。

我父亲就这样解甲归田，但回到家不久，还没有真正归田，又接到上面通知，让他去马鞍山报到。我父亲不久就又成了一名工人。后来的事情改变了我父亲的命运。

我父亲从部队回来才几个月，就接到上面的通知，让他到马钢去工作。我父亲到马钢时，那时在马钢碰到的几乎是清一色的穿黄布军装的转业军人。一位负责人看了看我父亲的旧军装说，你在部队干什么？我父亲说是装甲兵。那位负责人说，那你是开坦克的了。不知出于什么考虑，我父亲就点了头。干部便说，那好，矿上有个小歪歪车，你去开吧。我父亲于是就成了一名开小歪歪车的司机。也许他觉得开坦克是一种荣耀，所以一听别人问他是不是坦克兵就点了头。他一点没有想到这一点头，改变了他后来的人生道路。我父亲跑到矿山上一看，原来小歪歪车是一种运矿的小火车，就像现在公园里给孩子玩的车，当然马力还是很大的。好在我父亲原来在部队看过坦克手开坦克，有时逢到坦克手高兴时也让他鼓捣几下子，坦克与火车的基本原理差不多，相比之下，小歪歪车好开多了。我父亲经人稍加说明也就开起了这种运矿车在山坡上行走。当然是沿着轨道开。我不知后来他是否是因为没有过上战争瘾还是怎么的，因为没有任何爱好，他把小歪歪车当成了坦克在轨道上把车子开得横冲直撞，每年他都受到了上面的表扬，因为他总是干得又多又好，好像对开矿车上了瘾。他开得太快了，在他工作两年后的一个春天的细雨里，他把车子一下子开出了轨道，然后从山顶上翻了下来。就像现在好莱坞电影里的惊险镜头。

如果不是这次意外，我父亲完全可能做个什么官的，因为那几年，他几乎年年被评为劳动模范和生产积极分子。那时热爱劳动是一件光荣的事。有一次他被领导接见时意外地碰到了老解放。那次他站在下面受奖，忽然有个人从主席台上下来，走到他面前，使劲地握了握他的手叫他唐德刚。我父亲先是愣了一下，然后才发现站在面前的是他的老首长老解放。他当时就叫起了张营长。他没想到

老解放也转业到这里来了。我父亲是一个念旧的人，而且他还记得老解放送他的那支钢笔，所以他对老解放非常尊敬，这次意外的相逢使他非常高兴。老解放让他有空时到他那里喝酒去。后来我父亲在一个星期天真的去了。老解放与他在异地相逢自然十分高兴。就问他想不想做个班长什么的。我父亲一听就急了，说你知道，我一个字也不识。老解放说，不识字不要紧，学嘛。我到部队时连枪都不会放，还不是慢慢学会了，还当了营长。我父亲就说再考虑考虑。也许他听了这个消息太高兴了，以后几天中一直很兴奋，把小歪歪车开得飞快，好像这样才能对得起关心培养他的老首长。所谓乐极生悲也就是这个道理，我猜他一定是一高兴把车速开到了极限，就把车开到了山下，结果车子毁了，一条腿也粉碎性骨折。从此我父亲便开始走下坡路了。

我是在上初中的时候，听到我父亲有关他过去生活的故事的。当时我在上初中，我父亲那时已经五十多岁了，因为他的一条腿跛了，看起来像个老人。在许多年里，他一直拖着一条腿生活。我真正意识到父亲的那条腿有问题是在上中学时，那时父亲夏天都要下水田，夏天灼热的田水很快沤烂了他的那条伤腿，上面开始化脓，淌黄水，并烂出一个洞。父亲的那条腿上面有一块地方像被剥了皮的桦树，有一块地方泛白，一块地方泛黑，为了便于下水，父亲用一块塑料纸把那条伤腿包扎起来，但这样仍无济于事。在炎热的夏天里父亲的那条腿常常散发出腥臭的气息，吸引得苍蝇围着他团团飞舞。父亲难得有休息的时候，在春天或者夏天下雨生产队不能出工时，父亲便在家里编织草鞋或者蓑衣，他难得有这样的好心情，往往在这时候他会情不自禁地讲述他的那条腿的故事。

父亲出事的那天，那辆运矿的小车从铁轨上滑出去，然后一

直滚到了山脚。父亲还没有来得及叫喊，就被压在了车身下，一条腿几乎压烂了，父亲当时就昏了过去。父亲被迅速送到了八七医院。这家军队医院无疑是当时最好的医院。我父亲像死人一样被送进来。老解放对医院说，你们无论如何一定要设法保住他的腿。本来按医院的想法，像他这样的重伤，至少要把这条伤腿锯掉，但老解放坚决拒绝了，你们一定要保住他这条腿，他是个军人。老解放这句话对我父亲后来的治疗起了关键作用。因为那是家军队医院，他们对我父亲当兵这一点非常看中，所以也就十分尽心。后来医院为我父亲做了许多工作，最后保住了他的那条被压烂了的腿，为了保这条受伤的腿，必须从他的另一条腿上植皮下来补这条烂腿。我父亲另一条腿上的好肉被像豆腐一样一块块地挖下来补到这条烂腿上。我父亲的腿总算保住了，但恢复得并不好，所以他的腿上那条长长的伤口显得斑驳陆离。一块白一块黄。但我父亲从来都没有觉得这有什么不妥，他甚至没有觉得他受伤这件事有什么不好。他一次又一次谈到他在医院里受到的从来没有过的好待遇，他觉得八七医院像一座金碧辉煌的宫殿。他对那里的伙食赞不绝口，现在听起来那些伙食在今天真的十分平常，比如精致的白面馒头，还有放了几个红枣的稀饭，在那个年代十分罕见的木耳等等。总之那段医院生活成了父亲一生中最惬意的时光，此后他再也没有享受过这样美好的生活。他从来不提及那条残废的腿给他生活带来的影响，他一点没有意识到为了这几个月的病中生活，他几乎付出了一条腿的代价。几十年后我一次意外地走进那家医院时，那种陈旧破烂阴暗肮脏的样子使我感到非常失望，我简直怀疑我父亲当初是否是真的进了这家医院，抑或完全是他的想象。

从医院出来后，父亲已经成了一个跛子，他一点也没有意识到他与正常人已经不一样了。他再也不能开小矿车了。单位安排了他去看工厂的大门。作为对他的照顾，同时他被定性为二级伤残，享受工伤待遇。父亲开始了看大门的生活，他一点也没有什么不满，倒是觉得对不起老解放，没有完成老解放交给他的任务，辜负了首长对他的信任。所以当工厂问他有什么要求时，他几乎什么都没有提。后来大家都说，其实按他当时的情况，他可以提任何条件，他毕竟是因工致残的，但我父亲觉得对不起老解放，还摔坏了一辆小歪歪车，所以没有提任何要求。本来单位有意安排他休息，但他坚持要工作，做力所能及的事。许多年后大家都说他太傻了。但我父亲一点没有后悔，他在几十年后还一再说对不起领导对他的信任和培养，给工厂造成了损失。

在父亲的记忆中，1960 年的饥荒给他留下了深刻的印象。那段时间所有的地方都缺粮。城市的地位一下子受到了挑战。许多大跃进时进城工作的农民看到城里生活紧张吃粮难而工厂发的工资几乎一文不值时，又悄悄地在月色下跑回了农村。为了留住工厂的劳动力，工厂不得不一到晚上就关起厂门，防止工人流失。但每晚偷偷溜走的工人仍然络绎不绝。为了达到出走的目的，他们甚至向父亲下跪，因为都是乡里乡亲的，而且都是回去照顾家里老小，父亲只好睁一只眼闭一只眼，有时还偷偷把别人的被子用绳子吊到楼下的院子外面，然后又悄悄放本乡的工人回家。他们知道现在最要紧的是填饱肚子。父亲放走了一个又一个工人，父亲自己也被不断传来的消息困扰着，乡下饿死人的消息一天天传来，弄得人心惶惶。许多人担心家里缺少劳力会饿死人便悄悄地离开了工厂。父亲也开始考虑自己的退路，因为那时我的三个姐姐已经出世了，母亲一个人要养活四口人，非常困难。当时食堂的口粮是按劳动力的人头打

的。父亲不时把一卷卷钞票托人带回家，但钞票当时在乡下一点用处也没有，就像一堆废纸，即使有钱也买不到粮食，因为粮食都在生产队的食堂里。有一次一个小偷光顾我们家时只偷走了我母亲省吃俭用从嘴里抠下来的一点面粉，而把我父亲带回来的一大卷钞票随手扔了一地。所以父亲忧心忡忡，一次又一次跟母亲商量着生计问题，他不能眼睁睁地看着自己的妻儿饿死不管。我母亲当然希望有人帮助她，但她知道我父亲这时已经不是从前的他了，因为只有一条好腿，农村的活他已经很不适应。母亲说，你回来干什么呢，你不像以前了。可你一个人在家也照顾不了三个孩子，父亲很坚决地说，我还是回来吧，这样多少可以帮你一点。母亲对他的决定并不同意，母亲认为他这种样子最好是待在城里，回到家里也没有多少用处。我父亲也把自己想回家的想法与老解放谈了。我父亲说，我这样子留在城里也只是给厂里添麻烦，不如让我回去。这多少也是我父亲当时的真实想法。老解放说，你这样子最好待在城里，虽然目前待在城里要困难一些，但我相信最后还是待在城里好，不然你回去将来老了怎么办？但我父亲最后还是没有听老解放的，他已经厌倦了这种看大门的生活，长期被人当作一个残疾人，什么事也不做他实在受不了，他不是那种能安于享受的人，用我母亲的话来说他是一个劳碌命。他根本闲不住，他不想再这样吃闲饭，而且他也放心不下家里的妻儿。于是在一个月黑风高的晚上，他把麻子叫来说，你替我看大门，我回去了。我父亲就这样把自己的大门交给了麻子，然后趁着夜色悄悄把被子背回了家，他生怕被老解放看到，他觉得对不起老解放。他一点也没有想到他事后要为此付出沉重的代价。从此他再也不能回到城里了。但他从来不为这件事后悔。我父亲就是这样的汉子，就是他残疾成那样，他也没有说过什么后悔的话，他从来不怨天尤人。事实证明我父亲回到农村后吃尽了苦头。他已经不能像一个正常劳力那样从事生产队的劳动，考虑到他的实际情况，生产队安排他从事一些与他身体条件相当的劳动，比如晒场，看桃园，大部分时间他在田野里铲田埂上疯长的野草。一个季节下来，田埂上总是长满了野草，我父亲便一个人扛着一把锹到处与那些生长旺盛的野草作战，通常的情况下这样的工作总是他一个人，他就像堂吉诃德一样到处与野草搏斗，从早到晚，从春到秋。生产队的几百条田埂都是我父亲一个人铲干净的。他像一个高明的理发师坚持把每一条田埂铲得光滑平整，就像城里的柏油马路。差不多每一个从我们村子路过的人都要夸赞我们村子的田埂铲得光滑，几乎不长一根野草。而我父亲工作的报酬只有通常男劳力百分之八十五的工分，即别人拿十分工，我父亲只拿到八分五。父亲对此从无怨言，也从来没有向任何人抱怨过。

我大学三年级那年，我父亲终于盼来了政府给他的补偿，每月十五元，后来加到三十元，直到他去世。在我父亲去世前的几年里，我已经完全有能力赡养他们，政府发给他的那笔补助金已经变得无足轻重，但我父亲对他这笔少得可怜的钱非常看重。我父亲最关心的倒不是这笔钱，他最高兴的是政府终于对他当年的奉献给予了承认。他从来没有觉得这份少得可怜的钱来得太晚了，而且也从来不觉得少，他每月十日准时出现在乡政府大院里，一边数着手中的二三张票子，一边兴奋地向人们讲述他那些老掉牙的故事，过去的岁月就从他的手里一一翻过。

离家出走

米农早上起来后，突然产生了离家出走的念头，这个念头如此强烈，以致他感到几乎连一分钟都无法再待下去了。他忽然觉得屋里的一切都让他心烦意乱，乱糟糟的卧室，油腻的厨房，散发着一股尿臭的厕所，桌子上那堆毫无意思的稿子，甚至妻子日益丑陋的身材，儿子的吃喝拉撒和上幼儿园，都令他难以忍受，他感到从未有过的压抑和窒息。

对米农来说，每天的生活几乎都像钟一样刻板和重复。一般每天早晨七点钟起床，不论晚上几点睡觉，第二天早晨，床头柜上的报时钟里的那只公鸡一叫，他就得乖乖地从床上挣扎起来，尽管有时他非常想睡一个回笼觉，尤其在春秋天，二八月里，那时床上不冷不热，正是睡觉的好时光。半醒着的时候，躺在床上似醒非醒，神游故国，真是一种美好的享受，有时那种感觉就比吃肉还舒服。客观地说，米农不是那种懒散的人，每天的生活和工作都安排得满满当当，根本容不得他偷懒，自从有了孩子，每天的日子也几乎像钟一样按部就班，就像处在流水线上，想停也停不下来，没完没了的事情推着他一直向前向前，他就像是一个机器人。他总是想起《摩登时代》里的卓别林。有时候，他真的想懒一下子，彻底地放纵一下自己，这个念头只是稍纵即逝，他脑子里整天被一堆乱七八糟的事情挤满了，根本容不得他思想。三十岁一过，他就有了一种疲惫感，不像在大学那阵子，就是一个月不睡觉也精力旺盛，从来就不知道还有疲倦一说。那时听到有家室的男人说自己很累，他总是感到不可思议，现在他总算明白了，那绝不是有家男人的无病呻吟。眼下三十岁才刚刚过去几个月，他就有了这种疲惫感。比如现在，他就感到累极了，无聊极了，也没劲极了。生活就像在一条固定线路上开来开去的火车单调乏味。这时他就想躺在床上随便想点什么，或者什么也不想，就这样懒懒的躺着，没有人也没有事来打扰他。当然有时候也想利用早上的时间和妻子在床上温情一下，连他自己都不知道是他真的需要温存还是需要休息，抑或是为了逃避别的什么，一切都好像变味了。所以他常常怀念两个人在一起的日子，尤其婚后没有孩子的那段时间最让他怀念，有时想起来就像在做梦，但现在不行了，有了儿子，日子自动地被安排得像钟一样准时，整天神经被绷得紧紧的，一切都身不由己。现在他的生物钟已经把他叫醒了，他知道离七点还有一会儿，他还可以在床上懒一会儿，他借着早晨的亮光看到儿子正像花一样眠着，发出均匀的呼吸。妻子也睡得正酣，但那种舒服的睡觉姿态实在是不雅观的，甚至是有些丑陋，她以前可不是这样的，睡觉的时候总是保持了一种优雅的姿势，现在她是怎么舒服怎么睡，根本顾不上别的了，有时甚至连脸也不洗就上床了，这在以前是不可想象的。现在的这张脸已经失去了往昔的光泽，连那头乌黑头发都变得干枯了。妻子的身体四脚八叉地仰着，活像一条章鱼。他想独自想点儿什么，他已经好久没有想些什么了，他根本没有思想的时间，也没有那样的环境。现在他的脑子里空空荡荡的，他不知想什么好，也想不出什么，大脑始终像一盘没有图像的带子，他发现他已经不习惯思想了，这使他的情绪非常糟糕。他可悲地发现他已经没有思想了，只是一堆行尸走肉。他感到他目前的生活就像一堆乱麻，无从理起。就在这时，那只自动报时的大公鸡不迟不早地啼叫起来，他知道又一天开始了。自从三十岁一过，日子就像水一样哗哗地从身边流过，有时连影子就没有。这时他才理解孔老夫子那句逝者如斯夫的感叹。有很长一段时间他简直没法相信他已经三十岁了。实际上三十岁已经过去了。他很感伤地意识到从此他人生的岁月开始走下坡路了。那只冰冷的公鸡的啼鸣使他想起在家乡时的童年时光，在城里呆的时间越长，他越怀念乡村的时光，虽然仔细想来也没有多少值得留念的东西，他却时不时地有一种浓厚的怀乡情绪，这种怀念使他对城市生活感到无比厌倦。就在这时他忽然产生了离家出走的念头，他自己几乎被这个念头吓了一跳，这个念头如此顽固，他连一分钟也无法待下去，他知道自己再也不能过这种生活了，他迅速从床上跳下来。好像稍一迟疑，这个念头就会消失一样。

每天的生活都是这样开始的，这已经成了家庭生活的法则。一般他负责给儿子做早饭，妻子负责儿子的穿衣洗脸整理床上被子等等。然后由他把儿子送到幼儿园。每天起床的第一件事便先替儿子打荷包蛋，烧牛奶，然后自己刷牙，洗脸，上厕所，买一家人的早餐。等他忙完这一切，妻子也把儿子的衣服穿好了。他一边胡乱地吃早饭，一边拼命催儿子吃早饭，喝牛奶，儿子是没有时间观念

的，即使最忙的早晨也一样，他总是一边吃一边大声吆喝，等儿子好不容易吃完早饭，还得把儿子弄到厕所，这已是不成文的规定，自从儿子一上幼儿园时，这个习惯就渐渐养成了。有一次儿子在幼儿园大便，弄了一裤子的屎，结果被罚关厕所一个上午，里面只穿了一条空心裤子，他去带儿子回家时，还挨了老师一顿训，儿子回家后就发烧讲胡话。自从出了这件事后，他们就开始训练儿子在家里大便，时间一久，早晨成了儿子在家大便的法定时间。早晨的时间是全家最忙的时间，必须在一个小时的时间里，完成起床、穿衣、吃饭、喝牛奶、大便、洗脸等一系列工作，环环相扣，一环扣一环，儿子不是什么时候都很顺利地完成这一系列动作的，他一边看墙上的石英钟，一边像包工头一样大声催促儿子，有时不得不大声吆喝，甚至动巴掌。不知别的父亲有没有这样对待过自己的儿子，但他只好这样，他也知道必须耐心教育，可是儿子根本不听，还是妈妈有句话讲得好，十声乖乖不如一巴掌。虽然打完之后有时他也颇为后悔，但等到遇到儿子不听话的时候，他照样凶儿子。他想儿子今后会理解的，现在要紧的是及时把儿子送到幼儿园，别的就顾不了许多了。不过他看到儿子必须在这么短的时间里完成这么多任务也真替儿子难过，他有时倒为自己小时候的贫困暗自庆幸。他虽然吃得差一点，没有儿子的富有，但他至少不会有这么多的麻烦。等他把儿子送到幼儿园，再匆匆赶到办公室时，已经到了上班时间。这时他已感到精疲力竭，泡好一杯茶，他才可以稍稍喘一口气。紧接着，就是单位那些乱七八糟的事了，没有一件顺心的事。今天早晨也一样，他从床上起来后，就感到一种难言的痛苦，他再也无法忍受这种生活了，家里的一切都令他无法容忍，他再也受不了这一切了。他刚刚起来，妻子就起来了，他多少有些诧异。因为一般妻子总比他晚十分钟左右起来。妻子说今天要到远在郊区的一家公司去谈一个活动，那家公司是生产妇女用品的，妻子所在的那家报纸现在也面临着发行量下降的危险，所以不得不搞一些活动拉点赞助补贴补贴。妻子说今天一点不能迟到，那位老板时间观念很强，上次报社的一个记者只迟到了五分钟硬是丢了 3 个五万元的广告，差点被报社头儿炒了鱿鱼。所以宁可提前等他也不能迟到，除非不想干了。老总事先又把这个例子拿来说了一通，也算是对她的警告。文馨破例没有把儿子叫醒给儿子穿衣服，而是跳下床风风火火洗了脸就坐到镜子前化妆去了。妻子一向是不化妆的，但为了这个广告，也得化一下妆，想到这里他便感到忧伤。妻子原先也是一个业余诗人。他们是在一次诗歌朗诵会上认识的。那时已经没有什么人喜欢诗了，到会的大多是离退休的老人，所以文馨的出现使他非常吃惊，他一点也没有想到在这个时代还有女孩喜欢诗，也许她是最后一个喜欢诗的女孩了。他们就这样认识了，但后来在找工作时，文馨还是非常务实地去了一家家庭报社。这同样令他大吃了一惊。他无法想象诗与新闻怎么统一起来。后来文馨果然不再写诗了。一天到晚按报社的要求写家庭婚变、谋杀、第三者插足等等耸人听闻的故事和新闻。现在几乎在她身上难以找到当初的诗人那种不食人间烟火的影子。连他自己都忘了当初写诗的事。想到这一点，他既感到一种解脱，又感到一种悲伤。妻子化完妆连早饭也没有吃就走出去了。临出门前对他说了声对不起，晚上我回来接凡凡吧。米农只是默默地看了她一眼什么也没有说。他机械地把鸡蛋从冰箱里拿出来，在锅里打了个鸡蛋，然后又给儿子烧了份牛奶，等他干完这一切时，时间已指向七点半，儿子还睡得像一只小山羊，他真的有些不忍心叫醒他，但最后还是扯着耳朵把他弄醒了，他知

道，如果迟于八点半，幼儿园就会关门，所以无论如何也不能迟过这个时间。虽然对儿子来说，这样似乎残忍了些，但没有更好的办法，他尽量让自己的声音温柔些，不像平时那么凶狠，严厉，他也知道这对孩子来说，仍是残酷的，从小就得接受这种毫无人情味的习惯。儿子很不情愿地起来了。下床时还闭着眼睛，几乎在一种半睡半醒状态中吃完早饭，吃完早饭，儿子伸了个懒腰才多少清醒了些。他立刻让儿子去厕所大便，这是每天早晨的固定节目。每天早晨，他几乎是看着墙上的石英钟数时间，儿子的大便时间一般总安排在七点五十到八点之间，这时候他就像一个前线指挥官，掐着腕上的表数时间，他看着时间从手腕上一点点地流逝，便放开嗓子像吆喝牲口那样吆喝儿子赶快上厕所，赶快解大便，儿子因为过分用力常常便弄得面红耳赤，怨气冲天。但他还是不断催促儿子快点快点。如果迟过八点半，不仅儿子上幼儿园会成问题，就是自己到办公室也将迟到，幼儿园八点半就会关门，而自己如果迟于八点半，也就无法在那张纸上签上自己的名字，这意味着将为此损失三元钱，那三元钱好像一个无形的紧箍咒把他给箍住了。当然那不仅仅是三元钱的问题。在这个年龄，尊严比什么都重要。儿子好像并不理解他的苦衷，一边上厕所，一边在里边玩着手枪，时间对他来说，还没有什么明确的概念。米农只好一边哄他，一边又加以威胁，软硬兼施。好没好，米农急切地说。没有，儿子说。没有你还玩什么？米农斥责说。马上就好。儿子同样大声回击道。快点，马上要迟到了，再迟一点，幼儿园就要关门了。米农不耐烦地说。每天为催儿子的这些吃喝拉撒，他都要花费大量的时间和精力。等他把儿子打发进幼儿园时，他已经精疲力竭，对一切万念俱灰，再没有什么能激起他的兴趣了。在儿子上厕所的那会子他想想一点事

情，但无论如何也不能集中精力，他拿起一本英语小说，这是一位去美国的朋友送他的一本科幻小说，封面上是一只硕大的恐龙头部的化石。开始他并不知道这本书的名字，后来才弄清，这是一本叫《侏罗纪公园》的科幻小说，他先后陆陆续续学了不少年英语，但由于工作环境的变化，英语很快就退化了。但他始终对英语有一种说不出的喜爱，他甚至觉得学英语是一种很好的享受，但他没有这样的时间，他甚至希望有一天能专门来学一下英语，但事实上这几乎是不可能的。他根本就没有时间。虽然他比任何人都要抓紧，但要做的事太多了。比如现在他就要先把儿子打发到幼儿园，这是顶顶重要的事。好了没有，米农再次催促道。好了！儿子得意地大声嚷道。他拿起一张卫生纸，把儿子屁股扒开，用力擦去儿子屁股上的大便，然后一边催儿子洗手，一边自己到另一边洗手。这在没有结婚的人眼里简直不可思议，以前，他一看到别人的孩子大便便感到特别的厌恶，现在他已经完全习惯了。他甚至一点也不觉得有什么不妥。给儿子匆匆地洗了个脸，就出发了。

正是上班的时间，路上到处是人和车，他骑着那辆破旧的自行车加入了那上班的大潮中，一下子就被淹没在自行车的海洋中。他一边骑车一边看表，时间够来得及到办公室。街上时髦的女子让他想入非非，刺激着他麻木的大脑。有一个似曾相识的女子从他身边一闪而过，他觉得那人有点像他以前的一个大学同学，那个同学原先表示要嫁给他的，甚至还在情书里信誓旦旦，但后来还是嫁给了一个干部子弟，因为他可以帮她留在城里，并给她找一个好工作。临分手时她只在信里跟他说了声 Sorry。那时也正是全面经商的时期。诗的时代已经结束了。他一句话也没有说就把那些热情洋溢的情书退给了她。他情不自禁地回过头去，他觉得女人最性感的地方

与其说是乳房和臀部，不如说是女人的大腿。他发现那个女人有一双非常浑圆的大腿，修长得像一对象牙。他不由在心里产生了一种抚摸她的欲望。他一点不明白他为什么会在这种情况下仍能产生如此强烈的欲望。他强忍着扭过头去。由于他频频回头，儿子以为他遇到了什么朋友。爸爸，你在看什么，儿子说。没看什么，米农说，我在看一只动物。什么动物，儿子说，我看看。一只老鼠，米农说。老鼠呢？儿子说。它跑了。儿子很惋惜地叹了一口气。

路上人如潮涌，自行车、助力车、三轮车和各种小汽车出租车如过江之鲫，一路上磕磕绊绊，好在多年的骑车经验使他如鱼得水，但就是这样有几次也是有惊无险，惊出一身的冷汗。有时他有一种危险的感觉，好像他就要撞到车上。拐弯抹角地骑到幼儿园的时候，正是幼儿园送孩子最集中的时候，上班的时间在同一座城市总是那么惊人地一致。八点钟左右，幼儿园门口汇集了来自四面八方送孩子的大人，每一个孩子都在家长的率领下，争先恐后地冲到幼儿园的大门边，然后又一齐冲进校园。那情景就像一群大马哈鱼争先恐后地从下游冲向上游去产卵。米农骑到幼儿园门口时，大门外面早已停满了自行车和助力车，混乱的人群乱糟糟的，米农把儿子从车上放下来，儿子便自己冲了进去，在门口时，儿子碰到一个班上的同学，两人大声呼喊着对方的名字冲进大门，在进门的地方，一个幼儿园的阿姨手里拿着一只喷筒向每个孩子的嘴里滋一下，这是在给孩子消毒。米农看到儿子把嘴像小鸭子一样伸了过去，随之一股白色的雾状的东西射向儿子的嘴巴。儿子消过毒，跳跳蹦蹦地冲向自己的班级。每天，米农只把儿子送到幼儿园的门口，然后看着儿子自己进去，他觉得应该培养儿子独立生活的能力，早晚他都会有这一天的，他不能什么都指望父母，现在的孩子

太依赖父母了，他不希望自己的儿子也这样。往常他只在门口便与儿子分手告别。但这次他却把儿子一直送到了儿子所在的中五班的门口，他看到门口画的那条巨大的彩色鲨鱼。儿子一直走到鲨鱼底下，他突然喊了声凡凡。说这句话时他突然有些激动，几乎不能自持，儿子就要进门时听到了他的喊声，又回过头来，他显然对爸爸跟到班级门口有些吃惊，说了声，爸爸，然后用有些疑问的目光看着他，那样子好像说爸爸，什么事？米农朝儿子笑了笑说，再见。再见，爸爸。凡凡说。他朝儿子挥挥手，但他没有立刻走掉，而是看着儿子一直走进了那只绿色的门里，听到儿子喊老师早。他才转身离开。他觉得离开幼儿园的路很漫长。他赶到办公室时，刚刚八点半，他只来得及在那张考勤表上签上自己的姓。

他人已经来了，他和其他人点头打了个招呼，便一屁股在座位上坐下来。桌子上散乱地堆放着乱七八糟的稿件，令他心烦意乱。他没有想到早晨刚上班就这么精疲力竭。屋里的空气非常污浊，散发着一股臭烘烘的气味，桌上到处都是凌乱的纸张、稿件、校样和书信。他好像面对一堆乱麻不知该从何理起。当初他放弃了好几个单位的邀请，硬是到了这家文学杂志，这使许多人都感到不可思议，凭他当时的条件，他完全可以分到机关或者大学，一个名牌大学的研究生，何况他毕业的那几年，研究生远没有像后来这样大甩卖。他当时是抱了做诗人念头来杂志社的，但没有想到到了这里诗人没有做成，杂志社几乎面临倒闭的危险，主编整天鼓励人家出去拉赞助拉广告，杂志有一半篇幅发表那些企业报告文学，还有那些江湖郎中的骗人广告，什么祖传秘方男女不育，如果没有这些广告，杂志已经很难维持了。现在每个编辑一年都要完成几万块钱的广告任务，不然就拿不了年终奖，这已经成了杂志社编辑的一个主要收入来源，也是衡量一个编辑水平的主要依据。现在连社长也是一家烟草公司的老总兼任的，那是个五大三粗的男人，但因为他每年给杂志社二十万元的经费，所以他成了不争的社长，连宣传部的部长都来出席他的就职典礼。他一点也没有想到他当初一门心思想进的单位如今落得了这样的天地。他就这样茫然地坐了三分钟，然后目光才停留在那只扬州酱菜的茶杯上，和办公室里的其他人一样，他每天所做的第一件事也是泡茶。等茶叶渐渐浮上来又慢慢沉下去时，才开始着手做其他的事。茶杯里的茶叶是昨天的，已经泛黄，他刚刚拿起茶杯，又放了下来。他知道从现在起，他不必再和每天一样，签名打水看校样编稿子拉广告了，昨天和今天已经不一样了，他已经不是昨天的他了。茫然了一会，他开始坐在那里思考着他来单位的目的。他还来这里干什么呢？明天这里就没有他了，这里的位置将空下来，他不知道别人将会怎么想。那时已经无所谓了。他不知道明天他将在哪里，干什么，不过那已经不重要了。他开始清理桌子上的东西，首先他得把要退的稿子退掉，好在该他干的活大致都干完了，没有留下什么尾巴，不会遭人闲话，所以他的失踪只是他个人的事，至多涉及到他的家庭，与别人无关。而且别人很快会将他忘去，用别的更有刺激性的话题取代关于他的话题。这一点是无疑的。但他不想让自己的出走影响到别人，那不是他的初衷。他把要交代的事写一封信，表明自己的出走与别人无关，考虑到他在单位多年，希望单位能为他的妻子与儿子留下房子，他想单位不会有人为这事为难他们母子的。毕竟是单位的房子，他也在这儿卖命地干了这么多年。写完信，他把信封好放在抽屉里，同时他又把抽屉敞开着，这样在他失踪后别人就能很快发现这封信，并知道如何办了。等他把办公室里的一切料理停当，已经十一点多了。他不想再耽搁下去，看看时间不早了，便从办公室里走出去。忽然，他对这个办公室留恋起来。他回过头来，走廊里没有任何人，他也不想让人看出他的企图来，于是匆匆地走下楼去。他知道他不会回来了。

从办公室里出来后，他没有直接回家，而是去了附近的一家菜场，妻子到郊县去了，要到很晚才能回来，通常都是他去接儿子的，今天，妻子大约可以来得及回来接儿子回家。他不想碰到那种场合，也不想再与妻子和儿子见面，免得动摇他的决心。儿子很久没有吃鱼了。他给儿子买了二条鲫鱼，准备回去给儿子做汤。以前都是他给儿子买鱼做汤，他希望儿子过得比自己好一点，儿子对吃鱼没有多少兴趣，但鲫鱼汤倒是喝的。这是他最后一次给儿子做鲫鱼汤了。他在买鱼的那里，给儿子挑了两条大的鲫鱼，连价也没有还。买完鱼，他又给儿子买了几斤红富士苹果。等他觉得确实没有什么可买时，才回到家里，他在路上顺便给自己花五块钱买了份盒饭。其实他并不饿，他只感到还有件事该做一下，吃饭实际上是一件烦人的事。但无法不吃，比如此刻他就一点吃饭的兴趣都没有。回到家里，他忽然感到心情沉重起来，犹豫半天，他胡乱地扒了几口饭，便没了吃饭的兴趣，肚子也不饿，于是他便把白色的塑料盒盖上放进了垃圾桶里。

吃完饭，他有些茫然，他不知道此刻自己该干些什么。他总觉得有什么东西牵挂着他，使他不能很快离开。好在妻子不在，他可以从容地思考，没有人干扰他，他也不必紧张，他有的是时间。既然已经决定走了，他就不在乎这一点时间了。他喝了一口水，然后在椅子上坐下来。他终于想起，他把一件极重要的事几乎忘了，他从椅子上跳起来，快步走到书橱前，从一本英汉词典里找出了家里所有的储蓄存折，这些年来，家里的每分钱几乎都是他保管的，现在该是交给妻子的时候了，虽然晚了些，如果他就这样一走了之，那么妻子和儿子将一无所有。他仔细地把所有的存折都拿出来，然后一一装进一只小信封里，并把所有的密码都一一写在纸上，他知道妻子不是那种精明的女人，尤其对钱，所以这一点令他非常不放心。他必须把一切交代得清清楚楚。写好后，又放进那只信封里。再在外面封口上用订书机钉了两个钉子。等他把这一切办妥，他突然想起远在乡下的母亲。别人他可以不管，但他唯一的老母亲他不能不管。这也是他在世上最后牵挂的人了。以前他按时每月给母亲寄钱，现在他一走，也许再没有人像他一样给母亲寄钱了。他到邮局给母亲寄了一张二千元汇款单，这是他迄今为止寄给母亲的最大一张汇款单。等他办完这一切，他又给妻子留了封信，希望她以后能每月仍给母亲寄一点钱，这也是他最后求她办的一件事。他相信她会照办的。他唯一感到遗憾的就是对不起年迈的老母亲。其实他是非常想回去见她一面的。现在显然不能了。在给妻子写这封信时，他看到自己的眼泪流了下来。他不知道这样做是孝还是不孝，他已经考虑不了那么多了。

写完信，他又找出一本记事簿，把自己的债务等情况记在上面。其中还有别人欠他的二本书（那是两本通俗小说，他已经很久不写诗了，为了养家，他不得不用化名给那些三流的通俗刊物写通俗小说，与妻子报纸上发表的那些异曲同工）的稿费，外面几本杂志欠他的几篇文章的稿费。他希望妻子能要回来，在他不在的时候，多一分钱，他相信也是好的。每分钱都是一种保障。接着他又把家里的钥匙都放在冰箱上，并交代妻子注意安全等诸多事项。

等这一切做好，他才想起那两条鱼还在水池子里，他赶紧把鱼剖了，在水里洗净放进锅里用油煎了一下，然后放进一只砂锅里用水煨着。这是他给儿子做的最后的一次鱼汤。他知道没有两个小时，鱼汤不会做好，鱼汤必须熬得又浓又白，才有营养，儿子才喜欢，所以他还得等一等。他看了一下时间，他完全可以赶在妻子回家之前离开，他实在没有勇气和妻子告别，也没有勇气和儿子告别，他一见到他们也许就没有勇气了。他实在不想让妻子知道自己的打算，他也不打算让任何人知道。等待鱼汤烧好的时候，他在屋子里百无聊赖，时间好像一下子凝固了。他拿不准要不要给儿子写封信，儿子现在还小，肯定看不懂他的信，从某种意义上说，这封信就像是留给儿子的遗书，但事实上，他只是离家出走，而不是真正失踪，或死去，所以他怀疑这种信有无必要。犹豫了一下，他还是决定不写为好。他闻到了鱼汤发出的一股浓香，微微有点鱼腥味。他又在留言上给妻子写了几句话，他和另一个朋友还在一起合作了几本书，书很快就会出来，按规定他和那位朋友平分这笔稿费，但不知道如果他不在了，那位朋友会不会因此而独吞他的那一半。他告诉了妻子合作的书稿名称和出版社，还有大致的稿费数目。他不知道朋友是否会按规定给他的妻子，希望他不会这样绝情，那样就太令人失望了。他到厨房看了一下砂锅，鱼汤已经泛白了。他尝了尝咸淡，又放了点盐。然后把火关了。

他看了一下表，没想到已经四点钟了，通常儿子在五点钟就放学了，他想妻子可以在五点前赶回来，他弄不准是否要给妻子单位打个电话，让她回来后去接儿子，他不能再在家待下去了，他得赶快离开，不然他就走不了了。他决定就这样离开，但他又吃不准到底还有没有什么不妥的事忘了，他知道这一走就不会再回来了。虽然他并不清楚自己将要去哪儿，干什么。他决定立刻就走，走之前，他还是给妻子单位打了个电话，请人转告妻子，让她回来后去接一下儿子，对方明白了他的意图，他便挂了电话，他没有告诉对方自己为什么不去接儿子了，也没有必要。妻子果然还没有回来，对方告诉他，他也不知道他妻子什么时候能够回来，按以往情况，一般在下班时候能够回来。也就是说在五点钟前她会回到城里的。稍稍迟一点也不要紧，幼儿园的老师会替他看好儿子的，虽然这会让儿子失望。有一次他稍稍去晚了一点，儿子一本正经地问他，爸爸，你为什么来得这么晚，你不可以早一点来接我吗。他知道儿子其实并不真的喜欢幼儿园，他希望能像鸟一样自由自在地生活。他不知道是不是这时应该走。这时，他看到了外面的天色渐渐暗下来。接着又听到马路上汽车声和自行车铃声渐渐密集起来，他知道他必须走了，下班的时间到了，他不能再耽搁了，否则他就没有时间了。

就在他打开大门的一刹那，电话铃突然响了起来，他迟疑了一下，不知该不该接，但电话很顽强地响着，没有停的意思，他犹豫了一下，还是返身去接了电话，没有想到电话是幼儿园打来的，打电话的是儿子的幼儿园老师，米农一下子就听出来了。幼儿园的教师这时打来电话使他吃了一惊。幼儿园的教师一向很少打电话来，如果打来电话表示凡凡在幼儿园一定有什么事。米农心思紧了一下。你是米凡的爸爸吗，对方说。米农听出是儿子那个班的吕老师。米农赶快说是。你家凡凡跟班上别的小朋友打架不小心把眼睛伤着了。现在在儿童医院，你赶快来一下。什么？米农心一下子提到嗓子眼，凡凡把眼睛伤了，怎么会呢？他几乎气都喘不匀了。他知道现在不是和教师在电话里吵嘴的时候，但他还是不放心地问了一句，怎么样，伤得厉害吗？现在还不清楚，医生正在检查，米凡一个劲地说眼疼得厉害，哭着要爸爸，你最好马上来一下。要紧吗？也许并不要紧，只是流了一点血，米凡吓坏了。你快来吧。什么？眼睛流血？米农心几乎要跳出来了，一时愣在了那里。喂，你听到没有，你怎么不回答？吕老师在那一头大声嚷道。米农嗯了一声，然后说，就来，就来。

米农放下电话，愣了几秒钟，才从桌上拿起自行车钥匙，匆匆忙忙地冲下楼去。

迷途的鸟群

那天晚上，我和往常一样，吃完晚饭便到卧室去看电视，这好像成了我生活的既定方针。

电视上，一个戴眼镜的家伙正在大谈环境保护，谈资源的减少，珍稀动物的灭绝，谈酸雨和黑雪，谈自然的报复和马太效应，等等。谈到动情处，那干瘪的身体一起一伏，就像要从电视上跳出来似的。

正在这时，“哗”的一声，一包东西落在我的院子里。我先是一怔，很快便平静下来了。这样的声音对我并不陌生，即便不出门，我也知道从楼上扔下的是什么。这一定又是哪家从楼上扔下来的垃圾，而且是用一张报纸或塑料袋裹着，趁着天黑丢了下来的，干净而利索。我听惯了这种声音，时间一长，甚至能分辨出不同物体落地发出的不同声响。譬如，乱七八糟的垃圾落到地上，往往发出一声沉闷而短促的声音，如同一只破了的气球的泄气声；而一只

塑料汽水瓶坠地往往是咚的一声空响，接着又发出几声余响；铁器的声音往往单纯得像鼓点；脏水的声音则让人联想到瀑布；当然，还有那无声无息的，通常是几片菜叶，一两条女人的破内衣或孩子的尿片。住进这栋楼里，我已变得较有涵养，凡事都能沉住气，这也是逼出来的。否则，我早就心脏病突发，见马克思去了。开始的时候，我也曾很文明地在楼道上贴出过一张安民告示，可是第二天一早，那张告示就只剩下了一个角。不久，我换了一种方法，站在院子里大喊大叫，直骂娘，那样子就像两军对阵前的叫喊挑战，差不多忘了自己是个受过高等教育的人。可是，尽管我骂得口干舌燥，却没有一个听众，骂到最后倒霉的还是我自己，除了窝了一肚子气，半夜不能入睡外，别的一无所获。于是，我决定采取无为而治，学学阿Q，让儿子们往老子的院子里扔吧！时间一长，我已变得泰然处之，见怪不惊了，权作多一点体力劳动，锻炼身体，增强体质。人是很容易被改变的，我觉得自从搬进了这栋楼，我已大大改变了。含蓄和麻木，有时竟这样难解难分。妻子有时倒似乎没有修炼到家，不免骂骂咧咧，样子不大像一个知识女性。这时妻子又顺口骂了一声“他妈的”，声音很平淡，听不出多少火药味，就像说了一句“鬼天气”一样，愤懑中夹杂着一丝无可奈何，虽然我已修炼得可以，但这一声爆响，还是破坏了我的心境。现在我很少和楼上那些自私自利的家伙过不去，而是把气闷在心里，和我自己过不去，好像东西是我自己丢的。我恨我自己，我总担心，会突然一夜间，我的院子被垃圾堆满，我自己也被垃圾围困住了。这不是不可能的。因为我的院子并不大，而楼上的居民又如此之多。愤懑之余，我狠狠地关掉了电视，仿佛是荧屏那个夸夸其谈的家伙激怒了我。

我想静下来读一点书，好久没有读书了，书上都蒙了厚厚的一层灰，一摸一个手指印。我抽出一本《外国现代派作品选》，可看了两页仍不知所云，这样的东西对我来说似乎太深奥了，尤其在这种心境下，又换了一本诗集，可刚打开，就感到索然无味，在我这个年龄，好像已没有什么能让我激动的东西。我在书架前踯躅，不知看什么好，哲学？历史？心理学？还是艺术？我感到无所适从，没有一本合我的口味，我曾拟定了一个庞大的读书计划，希望系统地读一读书，书架也是那时候置起来的。可等密密匝匝的书一齐上了架子，我便感到自己被书淹没了，面对一架架的书，我沮丧得要命，也恐惧得要命，也许我这一辈子都读不完。还是庄子说得对，吾生也有涯，而知也无涯。以有涯随无涯，殆已。我觉得自己太渺小了，就像一个乞丐，突然来到一个宝岛，不知拾什么好，最后可能是两手空空。妻子常常笑我五骨肌酸，缺少定心盘。我觉得我真该去练练太极拳，据说那玩意能修身养性，让人心平气和，处事不惊，且能以静制动。我不知道，我是否能得其真传，而且那玩意儿也不是一两天就可以速成的，看看公园里老太太老爷子们临死前还在练无止境，我就感到心里发凉。

对面新开的卡拉 OK 一天到晚都在放那首《一无所有》，几个男女像杀猪似的扯着嗓子干嚎，听得人心里发毛。看来感觉心里不静的，也并非我一个。我感到肚子里像填满了炸药，总有一天会爆炸开来，剩下的不过是时间问题。在这屋子里，我像笼子里的狮子一样团团转，体会到了热锅上的蚂蚁和无头苍蝇的滋味。

“我们去玩玩吧！”我对妻子说。

“到哪儿去玩？”妻子头也不抬地说。

其实，我也不知道该上哪儿，平时总觉得朋友不少，可真的想找一个人聊聊，竟发现没有一个是合适的。

“我们上街去转转吧！”我说。我只想离开这屋子，去换换空气。

“太冷了，现在零下五度。”妻子说。

我也觉得现在去散步，忒也荒唐，于是只好打消了这个念头。

“看电视吧！”妻子安慰我。

我没有作声，沉默了几分钟，默默地去打开了电视。那个戴眼镜的家伙仍在那里声嘶力竭地叫喊。我有些同情他。

我看看表，还不到十二点，我每天总要捱到十二点才上床睡觉。这还是我在大学里的作息时间表，所以特别珍视它。大学里留下来的东西，似乎也只有这一份作息表。那时一吃完晚饭就上阅览室，直到阅览室关门，连眼皮子都不眨一下，一晚上能看掉两本小说，我也不知道那时候哪来的这么大的劲。现在，我在凳子上坐不了一个小时，好像上面有东西咬我，而且思想也特别的活跃，该想的想不起来，不该想的事却一个个纷至沓来，大多是些不想干的事。有时我都怀疑自己是不是已经老了，虽然也才过刚刚够而立之年。

还早，还有两个小时，每天不到十二点睡觉，我便感到不能心安理得。我决定心平气和地看看电视，以打发这最后的两个小时，然后坦然地进入梦乡。也只有这时候，我才能做到荣辱皆忘。

我看着电视，安静得像一只绝望的狮子。

一会儿，妻子说好像看到什么东西在厨房里飞来飞去，还发出亮光。妻子坐的位置能看到北面的房间。我没有作声。我想，除了楼上扔下来的金属垃圾从窗口飘过还有什么呢？也许是某一类发光的金属片或别的什么能发光的垃圾，这年头什么样的垃圾没有呢？

我装作没有听到，其实，我不愿提起，免得又破坏我刚刚平静下来的心绪。

过了一会儿，妻子又说："你去看看，到底是什么东西在飞，就在窗户上。"

"你大概看到飞碟了。"我讥讽地说，身子仍没有动。女人总是神经过敏。

妻子仍然在打她的毛衣。那件毛衣已打了整整三年了，打了拆，拆了打，我早已就不打算穿她编织的毛衣了。不过，我倒十分佩服她的耐心和韧性，她总是有事可做，而且不厌其烦，有时甚至让我十分嫉妒。

"煤气关了没有？"妻子忽然又冒出了一句。

"关了吧。"我漫不经心地说。我觉得妻子越来越像一个琐碎的老太婆，一会儿担心这，一会儿担心那。

"到底关了没有？"

"不是你烧的水？"我反问。

"就知道你会这样说。让你看一下，你总是不去，你忘了上次的事？"妻子有些愠怒，还是慢吞吞地从床上爬起来。

去年冬天，因为忘了关煤气开关，结果漏了一屋子的气，好在我们还没有睡觉，这才避免一起严重后果。如果我们当时都睡觉了，那后果不堪设想。这件事现在想起来还令人后怕。自从出了这件事，就像条件反射似的，每次我们总是把关气作为头等大事。可是时间一久，也就淡漠。人总是健忘的。

我仍旧看我的电视，甚至连动一下频道也懒得动，我觉得连吵架的力气也没有了。为了缓和气氛，我补了一句："开开灯吧，别绊倒了。"

妻子并不睬我，径直奔厨房去了。她显然在生我的气，我也懒得为自己辩护。

“哎哟。”妻子在黑暗中一声惊叫。

“怎么啦？”我连忙跳起来，走了过去。

妻子正在揉眼睛。

“怎么啦？”我又问了一句。

“好像有什么东西撞了我的眼睛。”

“撞你眼睛，怎么会呢？”我半信半疑地说。

“我说撞了就撞了！”妻子有些火。

“你撞了鬼了！”她这一吼，也把我的火吼上来了，其实我心里也并不比她好受。我真不明白，这空荡荡的屋里有什么东西撞到了她。

“你才撞了鬼了！”妻子真的生气了。

我慌忙打开灯，忽然“扑”的一声，好像一阵风向我的头顶袭来。我大吃一惊。

“鸟！”妻子大声叫道。我足足愣了有十秒钟，再也没有比在家里发现一群鸟更让人感到不可思议的了。不过这的的确确是一群鸟。它们被灯光惊得四处飞散，发出扑噜扑噜的声音。我感到自己好像进入了一个巨人的鸟巢，仿佛置身在身边的燕窝洞。我从来没有在家里见到过这么多的鸟，以前在乡下老家时，也只有偶尔一两只麻雀或燕子飞进屋里来，不过那种事情往往是发生在白天，而且门窗都是大开的。可这是在都市，一个深冬的夜晚，而且我们的门窗都是关着的，这真是太出人意料了，莫非真是一群精灵，灯光一照，它们到处乱飞，碰碰撞撞，飞了一会儿，有的栖在墙上，有的伏在窗户上，还有的像蝙蝠那样飞来飞去。也许有五六只，也许有

七八只，我根本无法数清它们。我开始寻思这些鸟儿是从哪儿来的，看了半天，我才发现原来厨房的气窗是开着的，那是我们特别留着以防煤气漏气时泄气的，想不到无意中竟成了鸟的通道。不过这群鸟儿从一个碗大的气窗里飞进来，实在有些让人诧异。

“会不会是地震？”妻子说。

“怎么可能呢？”我含糊地反问了一句。是不是地震我也拿不准，不过一群鸟儿突然出现在我的家里，这毕竟太罕见了，而且又是在这样的冬夜。在这个季节里鸟并不是很常见的，这不由不让人联想到地震前的一些征兆。有一阵子，妻子甚至想打电话到地震局，但一想附近没有电话，即便有，这么晚地震局也早已关门了，想想只好作罢。

镇定下来，我们决定把这群迷途的小鸟赶出去，让它们重返自然。我并不想伤害这群深夜的闯入者。可是我打开窗子，怎么赶，它们也不肯飞出去，只是在屋内飞来飞去，发出叽叽喳喳的叫声。像一群无头的苍蝇，在屋子里磕磕碰碰，完全迷失了方向，甚至有只鸟儿撞到了白炽灯上。我赶得越凶，它们越拼命地往屋里钻，对外面的世界似乎充满了恐惧。

“我想它们一定是迷失方向了。”妻子说。

“可能吧。”我已被折腾得有气无力。我不再作这种徒劳的游戏，决定收留它们，直到天明。外面的风呼呼地叫着，我打了个寒噤，立刻把窗户关上。飞了一阵子，鸟们好像一个个都倦了，一动不动地栖在窗户上或者墙上，像一个个硕大的甲虫。我决定把它们捉进我钓鱼的篓子里。这只鱼篓子还是我两年前一时兴起买的，可买回来一次鱼没有钓我就对钓鱼失去了兴趣，我根本就没有寒江独钓的那份耐心与雅兴。现在，鱼篓子上已经满是尘垢，现在总算派

上了用场。当我把手伸向小鸟的身子时，它们一动也不动，温驯极了。甚至有只小鸟在我手掌上亲昵地啄了一口，痒痒的。小鸟的身体有些潮湿，大约是飞出汗来了，温温软软的，像一颗颗跳动的心脏，让人好生怜爱。不知是疲倦还是出于对我的信任，它们几乎一动不动地任我把它们捉进鱼篓里，捉完了，我数一数，整整八只。我从来没有一下子捉到这么多的鸟儿，即使在小时候整天捉鸟的时候也没有这么幸运过。

“你看，它们真漂亮。”妻子满心欢喜地说。

我承认，我还从来没有捉到过这么漂亮的鸟儿。它们比麻雀还要小一些，羽毛是鹅黄色的，连小巧的嘴巴，精致的脚爪，也是金黄色的，简直像个艺术品。我不知这是什么鸟儿，既不像画眉，又不像百灵，一个个精灵似的。妻子找来一把青菜叶子放了进去，可小鸟们一个个昂首挺胸，好像绑赴刑场一样，连看都不看一眼。有几只小鸟甚至闭上了眼睛，在打盹；有几只小鸟在懒懒的啄着羽毛和脚爪。还有一只小鸟在睁大着眼睛，奇怪地盯着我，眼睛里充满了疑惑。

“也许它们太累了。”我说。

“也许它们怕人，我们走了，或许它们会吃的。”妻子说。

外面的风仍然在呼呼地刮着，就像有人在吹口哨。

“好像要下雪了。”妻了自言自语地说。

“下就下吧。”我无可奈何地应着。

我看看表，已经十二点过五分，我可以坦然地睡觉了。我钻进被子，愉快地打了个哈欠。又过了一天，我快活地想。

忽然，远处传来几声沉闷的爆炸声，就像雷声从远处慢慢地滚来。我竖起耳朵，这样的季节是不会有雷声的。可是这是什么呢？

妻子显然也听到了，侧着耳朵，小心翼翼地说："会不会真的是地震？"

"怎么会呢？"我无所谓地说，我听出声音来自西方。

"怎么不会？万一呢？"妻子有些担心。

"算了，震就震吧？反正也不是我们两个人。再说，我们有什么办法？"这样的冬夜，我宁愿躺在屋子里挨震也不愿出去。我甚至有些幸灾乐祸，这日子太平淡了，我倒希望出点乱子。

这时，鸟儿忽然一个劲地叫起来，凄厉而婉转，充满了焦虑与不安，就像孩子的哭声，叫人不能安睡，也许它们在想家了，妻子懒懒的说。我没有吱声，可我睡不着，这声音太凄厉了，听得人心里很不好受，而且没完没了。我决定放走它们，否则这一晚上就被糟蹋了。我打开了灯，鸟们一个个昂着头，张着金黄的嘴巴，一个劲地啼叫着，伤心极了，孤独极了。我觉得只有一个人在十分悲伤、绝望的时候，才会这么啼哭。我打开后门，把篓子拿到院子里，把鸟们一股脑地倒出来。它们扑闪了一下翅膀，一下子全消失在风雪之中。

折腾到半夜，我已经没有了睡意，我老想着地震的事，可又不敢肯定，就这样提心吊胆地睡着。有一次，我甚至迷迷糊糊中好像叫听到了鸟叫。妻子说那是风叫，于是我翻了一下身，便在胡思乱想中糊里糊涂地睡觉了。

第二天早晨，打开门，院子里一片雪白。我走到院子里，呼吸一下早晨冰冷的空气，活动一下麻木的四肢，忽然雪地上几个黄黄的东西吸引了我的注意力。开始，我以为是楼上扔下来的橘子皮，使用脚踢了一下，居然踢出了一只小鸟，已经僵硬了。我又一连踢出了四只小鸟的尸体。我没有想到小鸟们会落得这么结局，心里颇有些悔意。妻子这时也走到院子里，默默地看着这些小鸟的尸体，幽幽的说，也许昨晚不该放了它们，天气太冷了。不过现在说这话已经太晚了。我为小鸟举行了雪葬。

上班的时候，大家都在谈论鸟的事儿，今天在街上发现了不少死鸟，还有不少人都捉到了鸟，各种各样的，街上也到处都是玩鸟的孩子。大家争论不休，关于鸟群的突然出现，有人认为是地震的前兆，有人认为是鸟类的迁徙，也有人说是大自然的奥秘，等等，总之，这一天大家谈的都是有关鸟的事。

红　尘

一

故事的结局有些出人意料，赵宇东真的和陈薇走到了一起，成了夫妻。

二

事情的起因源于赵宇东和陈薇一起出了一趟差。

赵宇东和陈薇从海南坐飞机回到汝城时，已经是下午了。原以为汝城纬度比海南要高得多，气温肯定要低一些，但没有想到一下飞机，就感到一阵扑面而来的热浪，赵宇东几乎要窒息过去，赶紧一把扶住舷梯才定过神来。刚走出机舱，就觉得好像有一万道金光

向他射来，他顿时感到眼睛一阵发黑，几乎从舷梯上栽了下来。虽然人是没有跌倒，但手里拎的一箱子资料却是不折不扣地跌落了下来。跟在他身后的陈薇只来得及在后面哎哟了一声，手匆忙中抓住了赵宇东的真丝短袖衬衫的下摆，只听到哧的一声，赵宇东的真丝衬衫就裂了一条两寸长的口子。赵宇东还以为挂到了后面哪位旅客的东西上，正准备发作，看到陈薇张大了嘴吃惊的样子，只啧了下嘴。

对不起，陈薇说，我想……陈薇的脸红红白白的。她显然没有想到会出现这样的结局。

算了，赵宇东无力地摆了摆手，脸上还是掠过了一丝不悦。他倒不是责备陈薇的鲁莽，而是因为这件衣服是妻子秦红特地为他这次到海南出差买的。为了买这件衬衫，秦红跑了大半个汝城。那是汝城刚刚上市的一种暗花真丝衬衫，暗黑色的底上印着一个个小巧的甲壳虫。这还是秦红托她的一个在外贸的朋友买到的。赵宇东一向对服装不甚讲究，但这次要去海南考察，秦红死活都要按自己的意愿来打扮丈夫。说，你是代表一个省，别让人家以为内地省里的堂堂财政官员竟然连件像样的衣服都没有。本来赵宇东也没有考虑那么多，考察嘛又不是做模特。而且他平常一向穿着随便，这时猛地穿上了一件好衣服在身上还有一种说不出的别扭。好像有东西在咬他，浑身都不舒服。秦红忙安慰他说，穿穿就习惯了。那里热得很，这种衣服凉快。后来果然有女客在途中恭维他说他的衣服很好看很别致。连陈薇也对他忽然穿了一件这样的花衬衫感到为之一震。怎么啦，当时赵宇东说，我是不是不合适穿这样的衣服。不。陈薇说，不是，你穿这件衣服很好看，简直就像换了一个人。赵宇东听了笑笑，后来在机场候机时，他特意到洗手间看了看自己，果

然觉得自己既年轻又潇洒。他和所有男人一样，并不喜欢在别的女人面前谈自己的妻子，更不想表露妻子对自己的关心体贴。男人总把这一切当成理应该当，甚至羞于提及自己妻子把自己当成孩子一样的关心，似乎只有这样才仿佛显示自己是个男子汉。

赵宇东倒不是对陈薇不小心撕坏了自己的衣服感到生气，而是觉得十分不吉利。他感到这趟南方之行太倒霉了。先是不适应南方的饮食，几顿海鲜吃下来觉得还不及汝城的家常菜，但客随主便还得尽量与人家礼貌，结果就苦了肠胃，两天下来就闹肚子，一闹肚子身子就软了。有次吃了一半就要去厕所，差点闹了笑话。后来在厕所里蹲着差点出不来，那时他很想有个人来搀扶他出去，但想想跟来的是个女秘书，也只好空叹了口气，挣扎着扶着墙才从厕所里出来，要多狼狈有多狼狈，好在人家的厕所也是星级的，里面一应俱全，否则真是出尽了洋相。他真后悔这次带了陈薇来。怪不得一般单位都不想要女秘书。带了个女秘书，不仅紧要的时候不能指望，而且有时还得照顾她。有些事比如大小便什么的还得避讳。带着一个女人出门真是麻烦，这次他算是深有体会了。赵宇东倒不是大男子主义的人，但这次出门他深感女秘书就是不如男秘书。比如说两个男人在一起，高兴了干什么都行，抬起腿来在路边都可以小便，但跟着一个女人又是自己的秘书就不能这样随便了，不仅不能随便而且有时还得事事考虑着她，因为女人总是事多，你身为领导出门在外又不能不讲究点绅士风度。这样一来带着个女秘书简直就是受罪。才出门不久他就在心里直后悔，下次他再也不带什么女秘书了，难怪有些单位不要女人，女人的确婆婆妈妈，麻烦透顶。当然麻烦的事还不止这些。有次他们到海边乘游船时，浪一大，陈薇就晕船，后来简直就把他当成了拐杖。倒好像他成了她的秘书。这

还不算，回汝城时，先是飞机晚点，后来等了十三个小时临时又告知飞机有故障不能飞了，为了安全，他们要改乘别的航班，不然还得在机场等。他已经一天也不愿在南方待了，所以毫不犹豫地上了一架飞往汝城的国产运七，连通知家里都来不及，家里在机场等不到他还不知他们出了什么事哩。但他实在不愿烦这么多了。本来要是一个称职的秘书，这时就应该想领导之所想，急领导之所急，先领导之忧而忧，后领导之乐而乐，想方设法给汝城打个电话告诉飞机晚点并改乘别的航班的事，但陈薇好像根本就没有想到这档子事。既然赵宇东没有说，她也就没有往这方面想，她基本属于那种算盘型的秘书，领导拨一下，就动一下，不拨就不动，有时还在领导面前撒点小娇。这样的秘书，当领导还得时时为她操心。想想这一路上的诸多不顺心，赵宇东就觉得都与陈薇有关。他心里差点冒出了女人是祸水那句话。一切似乎都因为她。本来他想提醒她应该设法给汝城打个电话，免得那边等，他不好说妻子等，而且想起这一路的不顺，他有些气她，觉得一切似乎都与她有关，所以不到万不得已他实在不想再跟她啰唆。但陈薇好像对此无动于衷，又一副比他还疲劳的倦相，这样一来他就不好再叫他去打电话什么的了，毕竟这里不是单位。女同志体质也是要差些。他被飞机晚点的事已经弄得心烦意乱，连话都不想说，所以也就没有了说话的心情，也便抱着由她去了的想法。他想的是尽快结束这次倒霉的南方之行，赶快摆脱陈薇。所以他也就懒得提醒她给汝城打电话了。他以为她能想到的，这是一个秘书起码的工作，但她没有。她似乎比他还要疲劳，竟在候机大厅里睡着了，还发出轻微的鼾声。所以后来他连话也懒得与她说了。他想也就这一回了，没有下一次，犯不着得罪她，惹她生气，还是越早离开她越好。她在睡觉时，他还得打起精神来替他们看管行李。想想这些他心里就直窝火。

后来好不容易通知有一架去汝城的小飞机。赵宇东迫不及待地上去了。上了飞机，他就睡觉了，当然并没有真的睡觉，只是假寐。因为他实在不想与她说话。他就在这种迷迷糊糊的状态中降落到汝城机场。

赵宇东知道不会有单位的司机来接站。因为他们根本不知道他们晚了点又改了航班，秦红说不定还直担心哩。但现在也顾不了这么多了。他们只好和大多数旅客一样，上了一辆由机场开往城里的民航班车。车子在市中心停了下来。赵宇东觉得身上好像都粘住了，所以格外不想说话，好像一说话就更加热似的。

他们在市中心下了车。陈薇见赵宇东不说话，便半开玩笑地说，你还在生我的气吧？赵宇东本来是有点生她的气，不过她自己把它说了出来，他反倒有些不好意思了，谁能跟一个女孩子真的生气，何况又是芝麻大的事。所以赵宇东笑笑否认道，你干吗这样想，我为什么要生你的气哩？于是陈薇就指指他的衬衫后面，又笑了起来。你的衬衫啊！陈薇在后面看着赵宇东被撕裂了的衬衫一掀一掀的，像件燕尾服就不由扑哧一笑。笑什么？赵宇东说。

我想你妻子要是看到了会怎么说。

还能怎么说，赵宇东说，不过一件衣服嘛。

不会批评你？

至于嘛。你也太小看我了。赵宇东忽然觉得其实陈薇只是一个很天真的人，甚至还有几分可爱，便为自己的小心眼感到几丝惭愧。于是笑笑说，要不要我给你打个车。顿了一下又说，别担心车费，我给你签字。

陈薇只对他眨了下眼，摇摇头，就一头扎进正在下班的人流中。

三

赵宇东回到家里已经筋疲力尽。他所有的力气似乎只够上楼。他把手放到门把手上，还没有敲，门居然开了。赵宇东就这样一头撞了进去。他一眼就看到了散坐在地上的秦红。夏天的时候秦红总是喜欢这样散坐在地上。四周放着一排布娃娃。秦红的头发有些乱，显得衣衫不整。

你还晓得回来？秦红不高兴地说。秦红本来是想说些高兴的话，但一想到几乎白白等了一天一夜，话到嘴边却变成了责备的口气。当然她之所以生气，是因为后来知道这次丈夫是和一个女人一起去的。而在之前，他居然一点话风都没有透露。秦红当时也没有往这方面想。因为她知道丈夫他们处的秘书是小贾。一个很本分的从农村考上来的大学生。出差前几天，赵宇东就跟他说，他要跟小贾去一趟海南。所以秦红一点都没有担心。再说她对丈夫这一点是放心的，两人在一起也有七八年了，丈夫基本上没有表现出对她之外的女色有任何兴趣。丈夫正一门心思在官职上，已经传闻等他们处的处长老胡退休后，赵宇东很可能接他的班，因为不仅他年轻，而且又是大学经济系的高才生，做事又稳重。这一点几乎成了公开的秘密。所以这次到海南考察，厅里干脆让他带人去看看，了解一下情况，为推动本省的改革作准备。赵宇东也早已表示志在必得，所以欣然受命。他一点没有想到临行前他的秘书会换人，所以他也没有来得及和妻子说，当然也觉得没有这个必要。那天秦红和丈夫单位的司机一起到机场去接站，才知道和丈夫一起去的，不是小贾，而是陈薇。秦红和陈薇见过一次面，那次她到丈夫的办公室拿钥匙。寻常她很少去丈夫的办公室，因为赵宇东明确表示不希望在上班的时间她去他们办公室，免得让人闲话。那次正好钥匙丢在家里，只好到丈夫的办公室去拿丈夫的钥匙。那是冬天，她看到一个扎着花真丝方巾的女孩子从外面袅袅地进来。秦红只看到她一双很大很亮的眼睛。女孩冲她点了点头。她只看清了对方白里透红的脸和脸上一双又大又亮的黑眼睛。丈夫当时正好要开会，她便匆匆地走了。回家她还为此和丈夫开了个玩笑。你手下来了个漂亮女孩也不告诉一声，还保密啊。赵宇东笑笑说，女人的眼就是不一样，人家还是个女孩，你别瞎说。她可是老胡要来的。老胡说女的干活细心。看来她对你挺不错的。秦红故意开玩笑说。什么错不错的，都是一个学校出来的，她是我们汝大的校友。怪不得。秦红说。

你别瞎说了，人家早就名花有主了。男朋友在学校就谈好了。

当时他们还一起开了一会儿玩笑，后来他们再也没有谈到这位汝大的校友。直到有一天，赵宇东带回来两包印着喜字包装的大白兔奶糖。说，小陈的，结婚喜糖。秦红忽然觉得心里一块石头落了地。

秦红没有想到这次丈夫原来是和陈薇一起去的。在机场，他们等从海口起飞的那个航班等到比规定时间晚点两个小时，民航才广播说，那个航班因技术原因取消了。什么时候到达还不清楚。后来他们又等了差不多两个小时。秦红在那段时间里不停地看表，吃口香糖，看航班表，一次又一次看到港的飞机，虽然大多与她无关。后来司机终于对她说，看来他们今天可能不会回来了。司机的意思不必再等了，他还得回去接老胡去医院看心脏病和前列腺炎。秦红看着太阳已经落到汝山背后，也就叹口气抱怨说，这个小贾，他怎

么就不能打个电话回来说一声。

司机忽然笑了起来。

你笑什么？秦红说。

小贾在旅行结婚哩。司机笑笑说，他怎么通知你。

跟赵处长去的不是小贾？

不是小贾，小贾回去结婚去了。是小陈。

是陈薇？秦红好像被什么东西蜇了一下。

是陈薇。司机看了一眼处长夫人，又解释说，我也是听说的，也许不是她。

看到司机躲躲闪闪的样子，秦红更感到这里面有鬼，便不作声，仿佛被勾起了什么心事。

还等吗？司机小心翼翼地说。

不等了。回去。秦红忽然恼怒起来。本来她还打算等下去的。但听到丈夫是和陈薇一起去的，而且连说都没有说一声，便感到十二分的不满。

从机场回来后，秦红的情绪变得非常坏。她觉得自己完全被丈夫耍了。而耍了她的竟是一个在她看来一直很老实本分的丈夫。这时候她的脑子里忽然掠过了陈薇那双又大又黑的眼睛和那块艳丽的包头巾。把前前后后的事情一想，她觉得她正在落入一个由丈夫精心策划的陷阱之中。看来现在谁都知道，只有她蒙在鼓里，像个傻瓜一样在苦苦地等他，为他担心，为他害怕，为他管家，而他自己却带着自己的小秘（蜜）到外面游山玩水去了。自己却在家里做活乌龟，活王八。自己真是傻到家了。就连那个一向对自己十分恭敬的小贾这次居然也参与了这个阴谋。他每次来还喊自己秦老师，现在竟然连结婚也不告诉自己，什么结婚，看来同样也是一个阴谋。

是整个阴谋的一部分。不早不晚正好在这个时候。而老胡偏偏又病了，真是巧呵！秦红越想越觉得自己原来一直生活在一个虚伪的世界里。她再也不能这样忍受下去了。

秦红这两天已经反反复复地想好了他们之间的关系。越想越觉得这次南方之行完全是赵宇东的一个蓄谋已久的行动。包括去南方考察和飞机晚点什么的，统统是阴谋。一切不早不晚正好发生在他要当处长的时候。只有她一个人蒙在鼓里。秦红觉得自己被人耍了，玩弄了，她不能这样便宜这对狗男女。她要亲自看看这对狗男女的样子。现在她对赵宇东只剩下恨了。

她已经在这里坐了整整一天一夜了，而且做好了最坏的准备。无论如何，她不能忍受被人欺骗。她要当面问问这个现代陈世美。她只想看清他的画皮然后走人。

所以看到赵宇东进门时那副疲惫不堪的样子（她立刻想到的不是旅途的疲劳，而是性，是两人寻欢作乐的罪证），便气不打一处来。你还晓得回来？秦红冷笑一声。

赵宇东本来想着这个时候，小鸟依人的妻子能扑上来，搂着自己亲亲热热地安慰自己一番，亲热一下，但一看到妻子那副街头泼妇的样子，心里就倒了胃口。自己这一路就够倒霉了，回家来还看她的脸色，受她的没来由的挖苦，他本来已经平静下来的心一下子就激动起来，他自己还有一头火没处发哩。一看到妻子那副街头泼妇的样子，他心里就不舒服。他顶恨女人把自己弄得像个泼妇。所以他本能地予以还击。你这是什么意思？我自己的家我为什么不能回来。你疯了还是怎么啦？

怎么啦，秦红说，你还问我，我还要问你哩。你装什么蒜？

我装什么蒜？赵宇东恼火地说，你这是怎么啦，有话等会儿

说，我还没有吃饭哩，我累坏了。

你还回来干什么，秦红说，你还认识这个家，你还用得着我来侍候你。你不是有人侍候吗？

你这是什么意思？赵宇东说。

什么意思，你还不清楚吗？

我清楚什么？我不清楚你的意思，赵宇东几乎愤怒地说，他本来还打算给秦红讲讲他的海南之行，讲讲他这次倒霉的旅行，还有那个令人啼笑皆非的陈薇。当然他还想和她温存一番，在旅行中，他有好几次确实非常想要她，结婚后，他们一直是一对很不错的伙伴，在各个方面。当然也包括性。秦红是个温柔而体贴的女人。唯一就是嫉妒性太强，但这有时对男人也是好事，说明妻子对他是爱，真要找一个对男人漠不关心的女人，也远不能让男人满意。所以他对秦红是满意的。虽然他尽量不去参加一些别的有求于己的社交活动，但他也并没有多少不满，因为他并不是那种喜欢社交活动的男人。大部分时间他倒愿意把心思放在自己的专业上。好在他除了看书并没有别的多少爱好。原先他倒还想当一个作家，甚至在毕业后还在这方面花了一番工夫，也发表了一两篇小说散文。但他知道机关工作与文学是格格不入的，他也就放弃了这方面的努力。他是那种习惯坐机关的人，做什么事都有板有眼。比如说当初刚进机关的几个人，自以为是大学生，自由惯了，坐不了一会就到处串门聊天，只有他像钉子一样钉在那里，从上班到下班，像钟一样准确。他一进去，老胡就看出来了。在别人庆贺他发表小说时，只有老胡说，小赵，我看你是一个适合坐机关的人，我在机关做了几十年，我相信我不会看走眼的，你的性格不适合当作家。后来他真的放弃了写作。他自己也知道他不可能真的成为一个作家。那时老胡

还是一个科长，后来等老胡提副处长时，就把赵宇东提了一个副科长。当时别人对老胡提赵宇东这样一个老实巴交的人当科长都不理解。但老胡只是笑笑说，真正说起来，只有小赵这样的人能坐机关。你们说说，你们其中哪个人在机关一连坐过八个小时几乎没有挪屁股?

大家不语。几年后，赵宇东从副科长一下子提到副处长时，大家仿佛才醒悟过来，说，老胡的眼真毒。作为一个政府机关的公务员，赵宇东几乎是无可挑剔的。他也一直洁身自好，如果说他一点女色都不好，也不是事实，但他基本都能做到在任何场合发乎情止乎礼。不越雷池一步。他把自己感情深深地禁锢在内心深处，给人一个外表严肃的面孔。他知道人在机关，是要损失甚至牺牲一些东西的。所以他一直对自己那点的合法的感情很珍惜，也很重视，很满意，甚至很幸运。他知道就像老胡，也是与一个他并不爱的女人在一起生活了一辈子，他至少比老胡幸运得多，他和秦红是完全自由恋爱而结婚的。而老胡的婚姻基本上由组织（事实上是他的老上级）介绍的，由组织包办给他的纺织厂的女劳模跟他几乎一点感情也没有，但他却不能离婚。有一次，他和赵宇东在一起喝酒时，因为多喝了几杯才向他酒后吐了真言。他之所以赏识赵宇东，是因为从某种程度上他觉得赵宇东就像当年的他。赵宇东也是从农村来的，是那种从基层奋斗上来的大学生。他在赵宇东的身上看到了当年自己的影子。当然他也看出赵宇东是个本分的，对他没有威胁的人，甚至在骨子里，对他还有一种父亲的感情。因为赵宇东的父亲在他很小的时候就病逝了。兄弟几个全靠母亲一个人千辛万苦拉扯大。这样的人很珍惜得之不易的东西，知恩必报。赵宇东有次偶尔看到了老胡的生日，就记住了，所以在老胡生日的那天，他特地在

一家像样的饭店里请老胡喝酒。当然他没有露骨地说祝贺他生日，他开始只是说父亲来了，请老胡作陪。在这方面赵宇东一向很注意影响，不想让人看出他在搞什么小名堂，有什么野心或者企图。事实上，他也确实没有往这方面想。他只是觉得老胡是一个唯一真心帮助过他的人，就像他的父亲。老胡确实是他们那个丘陵地区来的人。这也是后来他才知道的。他一直对老胡十分尊重，在老胡生日那天，就在午餐的时候说父亲来了自己不会喝酒，请他来替自己招呼一下难得来一次的老父。老胡当时信以为真就抱了作陪客的念头赴宴了，后来看到一桌子菜却只有他们两个人时，老胡便开始起疑说，你不说你父亲来了吗，人呢？赵宇东给他满了一杯酒，说，我怕你不来，故意说的，其实我上小学时，我父亲就死了。我有次偶尔看到你的档案上写着出生年月日，居然与我父亲的一致，所以我就想请你来喝一杯。我没有别的想法，只是想借此表示我对你的谢意。赵宇东像对父亲一样恭恭敬敬地敬了对方一杯酒。

你这个小赵，老胡端着酒杯没有立刻喝，而是重重地感叹了一声说，坐了这么多年的机关，我还是头一次碰到你这样厚道的人。其实连我自己都不记得自己的生日了。说着，老胡的眼睛就有些潮湿。

那天两个人放开喝了。后来老胡就向赵宇东吐露了自己的心曲。谈了自己不幸的婚姻，此前他还从来没有向人倾诉过，倒不是不想说，而是一直没有碰到可以倾诉的人，官场是非多，这种事毕竟不是谁都可以说的。现在碰到赵宇东，他觉得他找到了可以倾诉的对象了，他感到十分的畅快，好像一下子轻松了。赵宇东也被弄得眼睛红红的。赵宇东没有想到老胡会对自己敞开心扉，他也十分感动，这说明老胡信任他。官场上肯对人敞开心扉的人不多。肯把自己这样的私事都和盘托出，这说明他真的信任你了。赵宇东听了也十分同情，只是碍于两人关系，不好表态，只是一味地点头劝酒夹菜。毕竟他们是两代人，对方又是自己上级，按他的性格，他想问老胡为什么不离婚，但他知道他不能这么说，也没有这个资格。他知道其实自己这时候最好的办法就是什么也不说只带两只耳朵，而且左耳进右耳出。

小赵，老胡说，我们这一行，最忌一个色字。你不说我也知道，你想问我为什么不离婚，干我们这一行的，离婚是大忌。就是为了我的儿子，我也不能离婚。你还年轻，我奉劝你一句真言，什么都可以犯，千万别犯色。多少人本事一大堆，最后都栽在色上了。古人说得好，万恶淫为首。切记切记。

赵宇东后来一直记着这句做官箴言。

赵宇东步入官场后，开始还显得有些稚嫩，老实有余，世故不足。但几年下来，便也对官场的一套十分娴熟了。用秦红的话说，是她把一个愣头青塑造成了一个成熟的男人。作为改革开放后较早一批进入官场的大学生，赵宇东缺的只是经验上的不足，而不是知识与智慧。和那些在官场混了十几、几十年的人相比，赵宇东具有无与伦比的优势。年轻化，知识化，革命化，他至少就占了二化。才入官场一年，老胡有一次便作为同乡语重心长地说，小赵，你有没有考虑组织问题。赵宇东也不是从来没有考虑过组织问题，实际上在大学里，他对那些先他入党的同学就暗暗耿耿于怀，但那时他一个从农村来的学生，年龄小，又没有任何背景，唯一骄傲的只是他的成绩一直名列前茅。他以为凭他的成绩他起码也应该弄个学习委员当当，事实上辅导员从来就没有考虑到这一点。他在这方面最好的记录也就是当过几门课的课代表，并荣获过一次“三好学生”。

他上大学那阵子，党员是一个非常吃香的名词，许多人都把它作为一块敲门砖。赵宇东作为一个一心想出人头地的那种从农村来的有志青年，当然也想获得一份这样的殊荣。但他到大学毕业连边也没有沾上。上大学时他的入党申请一共写过三份，但都泥牛入海；等到了单位，他的热情也就没有大学时那么高了，所以他自己也忘了写申请书的事。直到老胡一次次好像随意地提起这件事。

赵宇东这时已经和老胡很熟了。赵宇东便说，你认为要入吗?这个时候经商的风已经开始在各个角落里悄悄地刮起来了。

如果你还想在官场混的话，你最好别说这样的傻话。老胡严肃地说。

第二天，赵宇东便交了他一生中的第四份入党申请书。那时要求进步的人，已经不那么踊跃了，不少人开始把目光盯在钱上，所以赵宇东的申请便显得难能可贵。在第二年发展新党员进入组织时，赵宇东几乎毫不费力地就全票通过了。背后不少人都说赵宇东迂。直到几年后，赵宇东以三化最合适的人选担任副科级干部时，人们才不由对这个乡下来的青年刮目相看。那时机关里的大学生已经开始比肩接踵了，但三符合的人却寥寥无几。赵宇东几乎无可争议地成了新的提干的合适人选。于是赵宇东对老胡的感情里不仅是一种同乡的感情，一种下级对上级的感情，更掺杂了一种对父辈的感情。赵宇东和秦红结婚后的那些年里，并非没有那种红杏出墙的机会，他也没有傻到看不出有些女人明显地对他暗暗送来的秋波，但每当这时，他总是适时想起老胡的话。所以他总是适时地悬崖勒马，没有滑出多远。当然这一切他做得不显山不露水，秦红不可能知道他肚子里的思想。

当然他之所以做到这一点，也因为他的婚姻与老胡不同。老胡是一个基本包办的婚姻，而他与秦红却是自由恋爱。秦红虽然不是一个绝顶漂亮的美人，但在赵宇东眼里还是一个美人。至少在很长时间他都没有觉得还有比秦红更好的女人。秦红在妇联工作，成天和那些来反映问题的女人谈心或者代为反映她们的问题。那是一个没有多大意思却比较清闲的工作，一般比较适合那些没有多少野心的女人。秦红就是那种没有多少野心的女人。老胡有次就十分羡慕地说，没有野心好，女人一有野心，男人就完了。很长时间，秦红对赵宇东抱着一种宽容的态度，没有那种女人的攀比和野心。以赵宇东现在的地位当然可以找到一个比秦红漂亮的女人，但问题是当年他和秦红谈恋爱时，他并不是今天的赵宇东，他是那时的赵宇东，那时的赵宇东就像一只还没有攀升的股票，业绩平平，并没有多少人追捧。秦红事后总开玩笑说她当年是慧眼识珠，其实也至多是看中了他的为人和品质。婚姻多少是一种赌博，就像当年他和秦红走到一起，并不是真的就觉得他们是天造地设的完美一对。他们是在一次省级机关会议上认识的。当时他们都在忙于会务。几天下来人也熟了。赵宇东觉得秦红善解人意，女人味十足，而秦红也觉得赵宇东稳重可靠，没有像那些滑头男人总是在会务上借机溜掉偷懒，还自以为自己很聪明。当时他们已经不是在校的大学生，已经变得十分实际了。于是便开始了交往。半年下来，他们觉得互相还谈得来，彼此都是大学生，条件也大致相当，便走到了一起。说赵宇东在后来的日子里没有起一点花花肠子，也是绝对了。但他确实没有动过与秦红离婚的念头。因为多年来，他谨记着老胡的话，在色上面不敢越雷池一步的。他一门心思都在官场，现在他已经习惯官场，而且也开始迷恋官场了。他开始觉得理想不是想实现就可以实现的，有时想实现理想，也得有条件，当官也是一种条件，甚至

是必不可少的条件。所以他不想让别的东西来暂时分他的心，影响他的主要目标。他不能因小失大。

你怎么会不清楚我的意思。秦红说，你还给我装蒜。你看看你的衬衫，我才给你买的，就被撕成这样，你说说是怎么回事？

赵宇东嗫嚅了一下终于没有说。

就知道不敢说了，秦红说，还不知是哪个骚女人撕的呢，是不是有人给你买了，就把我买的衣服撕了。要撕就干脆撕得彻底一点，干脆就扔了，何必还穿回来，丢人现眼。

我不清楚你在胡说什么，赵宇东克制着自己说。

我在胡说，秦红说，你自己做都做得，我说倒不能说了，你要是怕人说，就干脆不要做，何必偷偷摸摸的。有本事就大鸣大放。

你越说越不像话了，赵宇东愤愤地说，你知道你到底在说什么。你要说什么，就把话挑明了，我不懂你在说什么。

你还有脸来问我，你当我不知道，你在外面做的好事，现在谁不知道，你和你们处那个狐狸精一起去南方说什么考察，还把我蒙在鼓里，我一直还以为是和小贾哩，原来是和那个狐狸精，一起串通好了。怪不得这次去了这么久，害得我还在机场等了半天。要是在外面不想回来就早说一声，省得我等。

我不知道你在胡说什么，我这次去完全是单位派的，没有任何见不得人的事，你不信自己可以去打听，不要血口喷人。

我血口喷人？现在就帮人说话了，秦红说，自己不敢回来见人，躲在外面不回来，有本事就说一声，我又没有非要赖着你不可。你现在当然可以找到人做证明了，你现在当大处长了，什么事不好做。谁还能拦着你。

你别这样胡说八道好不好？赵宇东说，我要怎么样你才相信。

这次小贾也是临时结婚，他事先也没有告诉我，我也是临时没有人，胡处长让我带小陈去的。你不要胡思乱想。你怎么说我不要紧，干吗扯上别人？不信你问胡处长好了。

我不要问，我眼睛又没有瞎，我知道你们都是一伙的，胡处长不就是你干爹吗？他恨不得帮你打掩护还来不及哩。你当我不知道你们那位处长大人是什么货色。把一个黄花闺女玩够了，来赏给你玩了。你当我不知道。

你胡说什么？！赵宇东一下子跳了起来，你太不像话了。你干吗扯上胡处长，他怎么你了？

你紧张什么，当初不是你把那个狐狸精介绍给老胡的，现在倒好，他玩厌了，倒又让你带着去玩了。谁不知道你们是汝大的校友。哼，你当我真的什么也不知道，你那点花花肠子。难怪去的时候连说都不说一声，所有的人都晓得，就把我一个人蒙在鼓里。要不是到机场接你，我还不知道哩。你还知道回来，你干脆与那个骚货在外面不要回来算了。你还回来干什么？

你疯啦。赵宇东没有想到一向很贤惠温柔的秦红这回竟然蛮不讲理。他本来已经一头恼火，实在不想再烦了，没有想到被妻子当头又发了一通无名火，他知道她一定不知听了什么人的传言，吃了哪门子歪醋，但他实在懒得解释，他只是无力地说，算了，我只有一句话，反正我什么也没有干，你爱怎么想就怎么想吧。

我知道你现在装孬了，你有种就解释解释这是为什么。

我没有什么好解释的。赵宇东实在给烦透了，他也没有继续吵下去的心思，大声地说，你爱怎么想就怎么想吧。赵宇东说着就倒在沙发上睡了起来。

看到她几天前给他买的新衬衫被弄成这个样子。秦红一下子火

又蹿了上来。

接下来的晚上，赵宇东因为太困实在无心吵嘴便在沙发上和衣睡了一夜。秦红在床上等了一夜以为他会半夜爬到床上，这样两个人之间的一切误会恩怨也就会一切冰释了，但赵宇东却在沙发上睡了一宿，也让她在床上等了一宿，这更加坚定了秦红的想法：这只能证明赵宇东心里有鬼，所以他不敢和自己睡在一个床上。只有一个被女人勾引的男人才会厌倦自己的妻子，而不敢与妻子同床共枕。这至少说明丈夫内心有愧。这越发增加了她的怀疑。

秦红想到赵宇东和陈薇在南方旅行的情景，不由不往房事这方面想。凭她的想法，现在丈夫眼看就要升做处长，是处里的一颗耀眼的星星，各方面都已经处在成熟的阶段，连上次老胡来都开玩笑说，秦红，你可要把小赵看好了，现在他可是一块肥肉。说肥肉有两层意思，一是他现在是官场的新宠，正是上升期，另一方面，他又掌管着令人眼红的信贷处，手里握有重权，所以被人视为一块肥肉。作为男人，赵宇东也正进入那种男人的成功期，这样的男人不免会受到一些女人的青睐。秦红当时只是无所谓地笑了笑说，他还是肥肉，我怎么也没有看出来。我只知道当初我拣到他时只是一块骨头。

当时大家只是哈哈一笑。现在想来，老胡也许真是有所指的，她居然还当是玩笑话。当时她没有把老胡的话往心里去，她不相信丈夫是这种人，他太迷恋他的事业了。现在想想她真是太天真了。

秦红脑子里忽然冒出一句很久前和女同事们在一起大家说过的一句话，男人没有不沾腥的，当时她还暗暗为自己的男人高兴，现在看来，她倒是太幼稚了。从这次南方之行看，两人显然是有预谋的，一切太像戏了。小贾不早不晚正好这时结婚，而老胡又正好住

院把陈薇给了赵宇东。两人飞机偏偏又晚点。他也许是知道自己去接，故意不让自己在场，免得尴尬吧。如果没有什么，他何必这样躲躲闪闪，连面不敢露，分明是心里有鬼。秦红想。看他这样子，还不知两人在外面干了多少好事。从以往经验看赵宇东也是一完成房事，就是这副呼呼大睡的样子，那副疲倦相就像个熟睡的婴儿。这次衬衫都撕破了，连他自己都承认是陈薇撕的。还不知两人在一起浪成了什么样子。在秦红脑子里闪现的是一副黄色下流粗俗不堪的性交场面。她好像目睹了两个人在一起的性交场面。她觉得一切是那么真实，那么疯狂，那么下流，原来这才是他们此行的真正目的。而她完全被他们骗了，她天真地为他买衣服，那个骚货一定嫉妒她才把她为他买的新衬衫撕坏的吧。还有什么好解释的。好在他还有一点良知，他回来没有同自己同床，这就证明自己不是完全胡思乱想。他总算还有一点人性。她一想到丈夫和别的女人上床，她就感到十分恶心。现在丈夫躺在沙发上证明了她的推断，因为他在做了那种丑事后，根本不敢正视她，也不敢再在她面前暴露自己了。从他那副口气看，他完全被那个娘们俘虏了。他从来没有帮哪个女人这样说过话。怪不得他总不让自己到他的办公室，说妨碍他的工作，原来这里面有鬼！自己真傻呵！把一切蛛丝马迹联系起来，秦红越来越认为这是一起有预谋的行动。

四

赵宇东以为秦红这样做不过是耍小姐脾气，等过了两天就好了。以前他们也不是完全没有吵过，但后来他们躺在床上互相开着玩笑也就好了。所以，那天赵宇东太困太累了，也就懒得与妻子计较，他觉得妻子这次完全是胡搅蛮缠，不过他没有精力与她辩论，他打算等半夜时分悄悄爬到她的床上时，一切自然就和好如初了。以往这一手很灵，他总是屡屡得手，但那天晚上他太困了，一觉睡到了大天亮。一看太阳都爬上窗户了他赶紧起来，但他发现床上空空如也。秦红已经上班去了。他感到一阵失落，便洗漱完毕也上了单位。局里还等着他的汇报。

晚上回到家里，他发现秦红并没有回来。以往秦红总是回来得比他早，而且主动担起做晚饭的责任。看到屋子里瞎灯黑火的，赵宇东便感到一阵不快，自己南方之行脱了一层皮，回来还得看她的脸色，这使他很不舒服。打开水瓶，里面一滴水也没有，这更令他失望。原来在外面他是满怀了兴奋的心情回家的，打算好好与妻子亲热亲热，但没想到先是被她一阵没有来由的大骂，白受了她一阵小姐脾气，现在干脆连人影也没有了。这哪像个家。越想越气不打一处来。他气呼呼地给妻子的单位打了个电话，守电话的说，今天一天秦红几乎都没有来，看到她和一个男人一块出去了。赵宇东心里好像被人捅了一刀。他本想问问什么样的男人，但他实在开不了口。而且出去了一天，到晚还不回来。赵宇东觉得好像被人耍了一样。他狠狠挂了电话，觉得自己心里有一团火在冉冉升起。

他觉得秦红太对不起他了。她居然这样对待他赵宇东。他赵宇东本来是有许多这样的机会的，如果他想这样做，他根本不愁没有机会，就算他不是那种色迷迷的男人，他也看得出那些女人对他的那个意思，只是他并没有想对不起妻子，所以他总是装出一副不谙风情的样子。他不知道秦红这次怎么会变得如此蛮不讲理。其实只有他自己知道，他和陈薇什么也没有发生，他甚至想都没有这样想。她凭什么要这样不信任他呢？他敢肯定，陈薇也没有这方面的意思，虽然陈薇对他是十分尊敬的，甚至在他面前有些撒娇，这不过是女孩子的一种惯用的手法。也是女人可爱的一面。他不能要求女人像男人一样大大咧咧，一样风风火火。他本来是想急急地赶回来和秦红亲热一下的，但没有想到秦红这次竟然如此不通情达理。赵宇东感到一种悲伤和失望，他原以为像他和秦红是美满的一对，别人羡慕的一对，可现在他才明白，其实他们之间并不是这样，他们之间存在着一种无形的裂痕。女人有时真是不可思议。

秦红回来的时候，赵宇东正在阳台上抽烟。家里黑灯瞎火。这让秦红吃了一惊。但她并没有表示什么。赵宇东见她没有表示什么，便也没有表示什么。赵宇东很想秦红说点什么，对她回来这么晚解释点什么，但她什么也没有说，只是走到电视机前打开了电视。而且把声音开得很大。这使赵宇东感到这是对他的示威和挑战。他本来还想和她打个招呼，见她看都不看自己一眼，而且故意把声音开得这么大，显然是想对他进行刺激。他原有的好心情也一下子被败坏了。他不想做出单方面和解的姿势。何况他本来就没有什么要道歉的。该道歉的是她，而不是自己。他开始对她的蔑视和无视感到愤怒。他不能再这样保持沉默了。

今天一天到哪里去了？赵宇东本来想尽量放平和自己的口气，但话一出口却硬邦邦的，像吃了火药。

到哪里去了，你管得着吗？秦红冷笑着说。

你这是什么意思？赵宇东说。

什么意思？你说什么意思就什么意思。

我希望你自己注意一些，赵宇东说，你不是小孩子了，凡事要注意些。

你倒教训起我来了，秦红忽然提高了嗓子，你有什么资格教

训我，你在外面花天酒地，我还没有说什么呢，你倒管起我的事来了。我的事你管得着吗？

我怎么啦，赵宇东一下子火了起来，我干的每件事都是光明正大的。

你带一个女秘书去南方也是光明正大，你在外面连衬衫都撕破了，也是光明正大？你当我是傻瓜是不是？有本事就不要回来！

这是我自己的家，我为什么不回来？赵宇东生气地说。

你还知道这是你自己的家呀。像你这样的大处长什么地方不能安个家。外面漂亮女人多的是。

你不要胡搅蛮缠。赵宇东说，我只说一句，你自己要对自己的行为负责。你说我跟别的女人出去，我可是公事，你呢，你和别的男人出去又是为的什么？赵宇东越想越气，便把本不想说的话也说了出来，你当我不知道，你今天和一个男人出去了一整天。

你管得着吗？我这也是跟你学的，你和一个女人出去了这么长的时间我都什么也没有说，我才跟人家出去了一天，你就紧张了？再说，我算什么，就算有什么，你也不必为我担心。你还有脸说我，你呢，你自己说说，你都干了什么好事，怪不得出这一趟差回来这么累，连衣服都撕坏了。是不是嫌我买的衣服不好，嫌我买的不好，可以叫人家买嘛。

你简直是乱弹琴！

你有本事就把南方之行的事都说出来。你要有种就说出来。

我有什么好说的，赵宇东说，我没有什么好说的。

我就知道你没有这个胆量，秦红一副挑战的口气说，你怕影响了你的仕途是吧？

秦红那天是出去了一天。

前一天晚上，她本来等着丈夫进屋来和她说一声道歉的话，那样他们之间的一切也就什么都结束了。一切都会在刹那间冰消云散。但她等了一夜，赵宇东也没有进来，这就更证明了她的揣测。她把赵宇东没有进来认定是做贼心虚和心猿意马。如果说见面时她还是一时气起，现在她已经完全得到了证实。她认为她已经有了足够的证据证明赵宇东这一趟南方之行已经发生了变化。他已经有了一颗花心了，而造成这颗花心的女人就是陈薇。这么多的巧合发生在一个人身上，这种巧合就不再是巧合了。至少这种巧合值得怀疑。

秦红第一步就是要证实这种怀疑或者打消这种怀疑。她首先找了开车的司机小李。她把小李约到他们单位下面一家咖啡馆。由于经常给赵宇东开车，小李与秦红也彼此很熟。小李还以为秦红要车，他知道赵宇东不久就要当正头了，所以对赵宇东的夫人秦红自然也就不敢怠慢。他几乎放下电话就把车子开来了，秦红就在咖啡馆里等着他，咖啡已经买好了，小李进来时，发现没有别的人，只见秦红一个人等在那里向他招手，他很诧异。他没有想到处长的夫人会一大早请自已喝咖啡，这让他感到诚惶诚恐。小李在秦红对面站着有些局促不安地说，秦大姐，我把车开来了，就停在外面，还没有熄火哩。干这一行的，他知道沉默是金，最好凡事少问，有时领导夫人比领导本人更不能得罪。

秦红对他笑笑示意他坐下来，你先喝杯咖啡吧。小李对着她看了半天才尴尴尬尬地坐下，一肚子狐疑。他并没有动桌子上的咖啡，只是不解地看着对面风姿绰约的处长夫人。

我不是要车。秦红对他再次笑笑。我只是向你打听一点小事。

小李更加狐疑了。一大早喊自己来竟是为了问几个问题。他抓了抓杯子还是没有喝，他不知对方葫芦里卖的什么药。作为司机，他见过各种场面，他知道最要紧的是非礼勿视非礼勿听非礼勿信非礼勿传。他只是开车，别的什么都不管。就像电影里说的，只要看好你的方向盘就行了。这么一想，他也就坦然了。所以他抓起杯子喝了一口，他尽量利用这段时间思考了一下目前的处境。

小李，你给他们开车不少年了吧。秦红轻描淡写地说。

五六年了。小李说。

现在外面传说，你们赵处长有男女关系，而且就是和你们处里的人，我想你跟他们这么多年了，你应该清楚。你说说，有没有这方面的事。比如和那个大眼睛的女人陈薇。我知道现在有人想破坏赵处长的名誉。她艺术地说。

没有，小李一下子像被针蜇了下跳了起来，绝对没有。

他们是不是有时在一起，或者坐你车出去。

没有，就这次他们让我去接他们，送他们。这是谁都知道的，他们去南方考察。小李忽然说不下去了。

他们真的是去考察？怎么就他们俩去，陈薇不是胡处长的秘书吗？

是胡处长的秘书，但听说是胡处长同意她跟赵处长去的，因为小贾结婚去了。

你知道他们真的是胡处长同意的？是听说的，还是你在场？

他们说的。

他们真的是考察吗？考察什么？

这我就不知道了。小李说。我从来不打听领导的事。

你要听到什么，你尽管告诉我，我不会说出去的。

我真的不知道什么。小李说。我什么也不知道。

那你怎么知道他们到站的时间。

这……是他们告诉我的。

那不就是了，你还说不知道。我这样也是为了你们处长好。

我真的不知道。小李紧张地说，我真的不知道。

你放心，你今天和我说的，我不会告诉你们处长。

我什么也没有说。小李更加紧张起来。脸几乎红了。

你是什么都没有说，对，你什么也没有说。你放心，我们根本没有见面。秦红说。我这样做完全是为了你们处长。

秦红打发了小李，他觉得小李的躲躲闪闪更加证实了她的疑心。所以她决定趁丈夫不在的时候到赵宇东的单位私访一下，她借口是去找一个东西。但那里的人好像对她的到来十分提防，一个个客气有余小心过分。有两个人甚至趁机走了出去。秦红从他们慌慌张张的神色上，感到他们好像都是阴谋的参加者。所以她更加坚定了这一怀疑：他们都是丈夫的同谋。

秦红想来想去决定找陈薇的丈夫，现在他们才是同一个战壕的战友。同是天涯沦落人，她认为陈薇的丈夫没有理由不帮她一起查清情况。难道他愿意戴绿帽子？

陈薇的丈夫是个大学教师。秦红很容易地就找到了陈薇的丈夫。陈薇的丈夫叫王力。一个戴眼镜的标准的书生型的男人。王力对一个风姿绰约的少妇来找自己多少感到有些意外，他不是那种很有吸引力的男人，这一点他很清楚。他和陈薇原先是中学同学，后来又一起考上了汝大，不过不是一个系。陈薇是中文系，他是历史系。等他上学的时候，大学生已经不那么吃香了，历史系更是成了无人问津的专业。所以上历史系的人在学校时就没有多少人那么

意气风发。及至毕业时，很多人都不知所从，感到好像被人骗了一样。王力也是一样。他感到无所适从，不知该去哪里。直到发派遣证时，他才最后选择了留校的名额。好在他在学校时，还是一个用功的学生，各方面成绩也不错，系里也就同意了他的留校。他留校倒不是他真的喜欢教书，而是没有什么合适的单位，他喜欢的单位人家不要人，要人的单位他又不喜欢，他已经对分配失去了信心，只是无可无不可地留了下来。倒是中文系在这方面比他们好分多了，就连中文系自己也说他们是属于万金油，哪里都可以抹一点。就像陈薇这样几乎玩了四年的女生最后几乎很容易地就分到了省财政厅下面的一个处里当了秘书，让历史系的那些老夫子大跌眼镜。这多少让王力感到不平和泄气。后来他和陈薇的结婚也是在一种无可无不可的情况下进行的。当时他们都已经到了老大不小的年龄。而且也已经断断续续地谈了好几年了，一直温温的，王力的表现虽然不如人意，但陈薇觉得他还是一个老实人，好歹也是一个大学生，而且到了社会上找朋友也不像学校那么方便。他虽然谈不上多少优点，也说不上有什么缺点，毕业两年后，身边的人一个个地结了婚，他们也就随大流地结了婚。因为谈了这么长时间，他们到结婚时已经没有多少激情了。他们早在结婚前，就已经尝到了别人在结婚时才尝到的禁果。所以他们的婚姻也是这样不咸不淡不温不火。他们虽然没有体验到结婚的那种幸福但也没有感到多少失望，日子就这样一天天过来了。

秦红和王力是在学校门前的那个花坛前见面的。秦红一眼看出对方是一个老夫子似的人物，这从那头乱蓬蓬的头发和不修边幅的样子上就看出来了。作为大学老师，秦红发现他居然穿了一双拖鞋，而且是那种她最恨的人字拖鞋，这就更加坚定了她的怀疑。这样一个老公肯定无法看住女人的。无论怎么看，他和陈薇都不是一条道上的车。但她还是对他笑笑，然后礼貌地为打扰他道歉。

她几乎直截了当地对他说，你知道你妻子最近出差的事吗？在得到对方肯定的答复后，她说，你知道她是和谁一起去的吗？

对方摇摇头，好像没有什么反应。

你真的不知道？

她没有对我说这个，我也没有打听，这个要紧吗？王力不屑地说。

我就知道她不会对你说的。告诉你吧，她这次是和一个男人一起去的，就他们两个人，实话告诉你，那个男人就是我丈夫。

王力茫然地望着对方。他不明白她为什么大惊小怪。

你真是书呆子，我再告诉你吧，你没有觉得他们迟回来一天，实话告诉你吧，我丈夫的衬衫都给撕坏了。你难道还不明白，你妻子陈薇一直是胡处长的秘书，她一直是跟着胡处长的，这次她却跟着我丈夫外出了，你没有觉得这个不正常吗？到这一步我也顾不上家丑外扬了，我丈夫一回来就与我分床了，而在此之前，我们关系一直非常好。你这下该明白了吧。秦红几乎是气呼呼地说。

王力似乎一下子还没有明白发生的什么，怔在了那里。

你难道还没有明白吗？秦红几乎大喊起来，我们被这两个狗男女耍了。你被人戴了绿帽子，你居然一点反应都没有。

我不知道你说的是什么。王力说。这能说明什么呢？他显然被刚刚发生的一切搞懵了。

亏你还是个男人，秦红说着抖出了丈夫那件被撕坏的真丝衬衫，这是她最后的撒手锏，你自己看看这是什么，你回去问问是不是你妻子撕坏的，你还不明白吗？一个女人把一个男人的衬衫都撕坏了，这说明什么还不是十分清楚的事吗？你要是愿意戴绿帽子就戴绿帽子吧。我是不会让他们得逞的。秦红临走时发现王力的脸一下子变得煞白。

王力发现自己已经很久没有和妻子过性生活了。他感到不可思议的是，他的倒霉的专业一点也没有破坏他的性欲，这倒是个奇怪的现象。他自己也承认他是那种性欲比较强的男人。在婚后那段日子里，他和陈薇保持着一种几乎过度的性生活频率。这一点常常令妻子感到不可思议，从本质上讲，他不是那种强壮的男人，但他的勇猛却令陈薇感到吃惊。这一点也让他感到自豪。男人在这方面总是为自己出色而自豪。在最初的半年中，他们几乎过着一种近乎疯狂的生活。但很快，陈薇对此就感到厌倦了，陈薇是那种小资情调的女人，她渐渐对丈夫的这种直来直去的要求感到厌烦，丈夫只有在这个时候才和她亲近一下，她希望丈夫能像大学时代那样经常陪自己逛逛街，看看电影，听听音乐，或者拜访大学的同学，但丈夫毕业后却仿佛变成了一只蜗牛，他不仅拒绝陪她外出，而且讨厌和他们在一起，他觉得这是一种他不喜欢的生活方式。实际上他是出于一种自卑心理。所以他找出种种借口一个人待在家里把自己与外界封闭起来。但妻子真正外出之后，他又感到一种莫名的不安。他和妻子很少一起外出，而且妻子在性方面的要求也越来越少，常常弄得他索然无味。有时他觉得妻子完全在应付他，身体冰冷得像一条死鱼。这时他觉得妻子离他似乎很远。他们之间已经很少过性生活了。他曾经也对妻子这方面产生过怀疑，但他并没有发现什么，或者说他总是试图回避着什么。他更多的时间都待在图书馆阴森的大楼里。大部分时间他并不在看书做笔记，他看到的是一个渐渐远去的少女陈薇的背影。那个背影离他越来越远，渐渐离开了他的视线。越是这样，他越是缺少面对真实的陈薇的勇气，他总是在竭力躲避她。秦红的来访忽然打破了他内心的平静，原先他并没有想到陈薇和谁一起出差有什么重要性，陈薇也确实没有告诉他和谁一起出差的，他知道陈薇一直在老胡的手下，那是一个已经谢顶的老头，他虽然不谙官场，但他实在也看不出那人有什么不正常的动机。他想对自己说，和谁出差并没有什么，这不过是一趟出差。但在内心深处，他却又不能自圆其说，他忽然感到脑子里有无数的疑问。有一顶绿帽子在那里飞舞，盘旋。如果真的什么也没有，为什么秦红要来找自己，除非她疯了，但她肯定不是一个疯女人。没有人会往自己头上扣尿盆子。这是一个简单的道理，王力忽然为他们之间不冷不热的关系找到了一个合理的答案。原先他一直苦苦找不到他们关系冷淡的原因，找不到妻子性冷淡的原因，现在他忽然觉得他已经找到问题的症结所在了。虽然他不想承认这一点，这个问题却像钉子一样钉在了他的脑子里。

见到陈薇时，王力几乎失去了勇气，他发现他无法面对这一事实，也无法向妻子提出这一问题，客观地说，这不是每一个丈夫都能理智地提出来的问题。耻辱和矛盾使他难以启齿。所以那天下班回家后，他的神情非常不正常，在吃饭时他显得心不在焉，心事重重。他们之间已经很少交流，他们在经过大学时代那段短暂的蜜月之后，他们的关系已经变得像温吞水一样，日子就像水一样流过。和大部分夫妻一样，他们只是在一起过日子，什么也谈不上，他们已经到了那种对婚姻厌倦的时期。只是谁也没有提出那两个如今已经非常普通甚至很时髦的词。这个晚上，他们在吃晚饭时，大家都好像心事重重。王力几次想开口提出问题，但最终都失却了勇气。

他觉得这几天，陈薇也在试图回避他。他也不敢看她的眼睛。但后来他躲躲闪闪的样子还是被陈薇发现了。这天晚上，他觉得陈薇好像比平时要好一些，对他比往日温情，她已经好久没有这样了。而且陈薇的身上还洒了一种很好闻的香水，这种香水使他一下子想起了秋天时弥漫校园的桂花，这种香型芬芳，典雅，幽远，含蓄，他记得妻子是从来不搽香水的，而且她讨厌一切人为的化妆。陈薇在学校里就以天生丽质为人称道。他当初也就是被她身上这种天然的东西吸引的。他根本讨厌一切人工的东西。那些涂脂抹粉的女孩总是使他想到那种俗气的女人或者妓女。当他进门时，妻子甚至主动过来帮他脱去了外衣，还给他泡了一杯茶，这让他想起他们在一起的过去的岁月。那时妻子每天下班时总是小鸟依人地依偎在他的身边，对他百依百顺，脉脉含情。他喜欢那时的陈薇，而不喜欢现在的陈薇。妻子这突然的举动让他有些受宠若惊。而且妻子还特地做了几道她的拿手菜，甚至还开了一瓶好葡萄酒。他觉得妻子忽然像换了一个人。

喜欢吗？妻子说。喜欢。他说。但他听到自己在心里说，他并不喜欢，至少目前他不喜欢，尤其在这种时候。他觉得妻子自从南方回来后，情绪好像突然变得十分卅朗。

你洒了香水？他淡淡地说。

对，你喜欢吗？他笑笑。妻了甚至过来用手环过他的脖子像小猫一样在他身上乱蹭着。他觉得妻子根本没有必要对他这么好，他想妻子是在演戏，她这样做完全是欲盖弥彰，完全是装出来的。他注意到了妻子身上的那件时髦的衣服，那种在夜总会上女人才穿的衣服。背上露出了好大的一块。他记得妻子原先是最讨厌穿这种衣服的，在着装上面，她基本是一个保守型的典雅风格的女人，讲究一种含蓄美。但现在她忽然来了一个一百八十度的大转变。这使他感到匪夷所思。他的手一下子触摸到了她光滑的背上。虽然结婚已经五年了，陈薇的皮肤仍然保护得很好，很有弹性，富有光泽。他的手好像被蜇了一下，赶紧缩了回来。

你喜欢我这件衣服吗？陈薇说。

我记得你以前并不喜欢这种衣服的。王力说，这种衣服并不合适你这样的女人。

都是历史把你害了，陈薇说，连赵处长都说好，这件衣服还是他帮我参谋的哩。

你又不是公关小姐。王力说，我觉得你还是穿以前的服装好一些，适合你的气质。

你太保守了，陈薇说，你真要到南方去一趟，那边我这样的衣服就算最保守的了，在汝城的服装比那边起码要落后十年。

你不是和胡处长去的吗？王力装着漫不经心的样子说。

哪里是胡处长，是赵处长。他临时要我去的。

你又不是他的秘书。

都是一个处里，他马上要当处长了。

你以后还是少和他一起出去好。王力若无其事地说。

为什么？陈薇说。

不为什么，王力说，我是为你好。两个人出差一男一女总不好。

有什么不好？我出去是为了工作。你太封建了。

我封建？王力终于忍不住地说。买这样的衣服也是工作？

王力！陈薇大声叫道，你什么时候变得这样庸俗。

我庸俗？王力说，你那样就不庸俗？你和别人出去连说都不说一声，你还要怎样？

我和人家出去又怎么啦，我是出差，是工作。

工作，怎么偏偏叫你去，处里人多哩。

你不要胡思乱想。我看你神经有毛病。

我胡思乱想，我神经有毛病！你看你这样子，一回来就穿这样的衣服，涂脂抹粉。

还有呢？

还有，你还想我说什么，说你把人家衬衫都撕了，说你们在外面玩得不归家，迟了整整一天，说你们出去时谁也没有告诉，还要我说什么？

王力！好，你说完了没有，我是撕坏了人家衬衫，我是没有告诉你和谁一起去南方的。我一直以为你是一个男子汉，现在看来我错了，你原来是一个卑鄙的小人。

你都给我戴绿帽子了，还要我保持沉默，你当我是什么，我是王八？

好，王力，这可是你自己要当王八的，而不是我。陈薇说，你如果自己硬要当王八，也怨不了别人。

陈薇到办公室后，发现同事异样的目光。甚至她听到有人在办公室里窃窃私语。当她出现时，这种窃窃私语就突然消失了。但同事的目光总在她和赵宇东之间来回穿梭，好像两人之间有什么见不得人的勾当或者秘密。她觉得自己被一层目光织成的网罩住了，不能轻举妄动。就连赵宇东也故意回避看她一眼，当然她也回避着看赵宇东，她本来想把南方之行的出差旅费报销，但她一时却缺少了这种勇气。她只好把发票重新放回到抽屉里。她觉得自己置身在一种莫名的关系场中。

赵宇东已经明显感到大家目光的异样，好像他身上有什么见不得人的东西，下面的同事都拿一种不同寻常的目光盯着他，那样子好像他是一个怪物。有一个办事员甚至站在他面前半天没有说出话来，只是愣愣地看着他。

你有什么事？赵宇东愠怒地说。

没有，没有什么事。那人刚刚转身时忽然又想起什么似地说，哦，对了，还有一份东西要你签个字。赵宇东糊里糊涂地便写下了自己的名字。当他转身时，才发现司机立在自己面前，一副负荆请罪的样子。

你怎么啦，没有出车祸吧。

没有。司机说，昨天你夫人问起了你和……的事。我不小心就说了出来。

你说了些什么。赵宇东恼怒地说。

我没说什么。司机说，我只说了你和陈薇出差的事，别的什么也没有说，真的什么也没有说。

赵宇东厌烦地向后摆摆手，示意他可以走了。

赵宇东坐在老胡的对面。虽然他们在一起有很长时间了，但这次，赵宇东忽然感到有些拘谨。他虽然什么也没有做，但他还是感到有些惴惴不安。连他自己都说不清。他悄悄打量了一眼老胡，老胡脸上并没有什么特别的东西。老胡甚至还专门给他泡了一杯茶。虽然退休将近，但从老胡身上却一点也看不出那种悲观的成分。

赵宇东打开文件夹，处长，我把南方之行的情况跟您汇报一下。

老胡摆摆手。不急，你喝茶。这是一个老朋友送我的黄山

毛峰。

这么一说，赵宇东便开始小心地呷了一口茶，他在呷茶时，思量着老胡找他来的原因，但他从老胡的脸上一点也看不出来老胡罐子里卖的是什么药，他知道这才是老胡厉害的地方。老胡在任何时候都是这样慈祥，这样荣辱不惊。

小赵，我再过两个月就要退休了。老胡突然说。

处长，还早哩。你要有什么事，就直接给我说。

我一个要退休的人，还有什么要说的。我今天找你来，主要是为了你。小赵，有些话，我不知该讲不该讲？

处长，赵宇东说，你有什么话就直说吧，你知道我一直把你当我父亲看待的。

老胡忽视转过身来。小赵，老胡突然语气沉重地说，记得我曾经告诉过你，干我们这一行的，最要紧的是要戒色。万恶淫为首。

赵宇东刚想开口，就被老胡打断了。我知道你想说什么，我知道你不会那么傻，你也不会做出这种事来，尤其在这个时候。可是人言可畏啊！有时并不在于你做了什么，而是人们议论了什么。在官场上混，不仅不能让人抓住什么，而且还要不能让人议论什么，让人连话都没有的说。当然这说来容易做来难，不容易呵！你要好自为之，我是相信你的。但有些事情是难说的。上面也接到了陈薇丈夫的来信，要求我们对这件事做出处理意见。而且你妻子也来反映问题。有理有据。她甚至还拿来了一件你穿过的衬衫，你让我们怎么说，一个是你的妻子，一个是她的丈夫。我已经说过干我们这一行，最要紧的是看好自己的后院，后院起火，那就麻烦了。偏偏在这个时候……

胡处长，你也不相信我？

我当然相信。老胡笑笑说，可是光我相信没有用，别人相信吗？上面会相信吗？

难道上面会相信这些捕风捉影的事？赵宇东说。

你难道还不知道干我们这一行的，怕就怕这些捕风捉影的事。要真是能弄清楚的事倒是好说了。

他们可以调查嘛。赵宇东愤愤地说。

调查？老胡笑了笑说，你还是年轻了点。有些事情他们宁愿不调查。

这么说，他们是不放过我了。就凭一点莫须有的事？赵宇东喃喃地说。

难说呵，老胡缓缓地说，可惜啊，小赵，只差两个月，大意失荆州呵！

和老胡谈完话，赵宇东没有回单位，还是直接打车上了环城的汝河河堤，一个人慢慢地沿着河堤走。河堤两边绿树夹道，草坪修剪得相当整齐干净。三三两两的游人在河边悠闲地散步，环河公园里鸟语花香。这使他一下子想起了很久以前在大学里读过的那篇有名的《桃花源记》。他已经很久没有来环河公园了。记得这地方他上大学时常来这里，那时这里还十分简陋，没有想到几年不来，一切已经完全是另外一副样子了。他记得很久以前，大约刚刚和秦红恋爱时，也来过这里，当时河边连一把椅子都找不到，现在这里已经完全是公园化了。而且环境远比他想象的优美。他想起自从和秦红结婚后，他们就再没有来过了。那时秦红总是像小鸟一样依偎在他的身边，也才五六年或者七八年吧，一个那样善解人意的女人怎么就变得这么厉害了呢？他还是喜欢结婚前的秦红，女人还是简单

好，哪怕幼稚。他不明白他们怎么会走到这一步，其实他什么也没有做，但是没有人相信，就连和他一起生活了这么多年的妻子都不相信他，还能指望谁相信他呢？他接着又想起了那个令他倒霉的陈薇，他没有想到最后他会栽在这样一个女人的身上，其实她和自己一样也是无辜的。但她就像是他命里的克星。他想恨她，怪她，但怎么也找不到十足的理由。他想起了这次倒霉的南方之行，想起了和陈薇在路上的所有的一切，包括她无意中撕坏了他的衣服，其实陈薇是一个天真的甚至有些笨拙的女人，现在想来，他甚至觉得其实陈薇的一切也蛮可爱。至少她没有那种世故和大小姐脾气。她没有那种自以为是和颐指气使。接着他又想到了后来陈薇一个劲地为这件事带给他的麻烦不断地向他道歉，像个犯了错误的小学生。他忽然笑起来。他想，其实他需要的也许就是陈薇这样的简单得甚至有些幼稚的女人。他以前怎么就没有发现呢？他觉得自己在官场上陷得太深了，连他自己都不认识自己了。

陈薇接到赵宇东电话时，她不知发生了什么。他只让她尽快赶到汝河大桥上，他在那里等她。

这还是赵宇东第一次单独约陈薇出来。陈薇不知发生了什么，她只是隐隐觉得这次南方之行回来，就惹起了单位不少议论，好像他们不是去考察，而是去偷情，她自己也是有口难辩。赵宇东的妻子秦红甚至还到单位出示了那件被她撕坏了的真丝衬衫。好像那是他们俩偷情的铁证，就连丈夫王力，这些天也对她开始疑神疑鬼。好像她真的干了什么见不得人的勾当。想想一路上，赵宇东那副正人君子的样子，她简直就想笑。她知道从南方回来，她和赵宇东就成了大家议论的对象。她很想站起来和谁吵一架，但别人并没有真的当她的面议论，只是在背后窃窃私语，连自己的丈夫都怀疑自己

与赵宇东有染，还有什么好说的。她不解的是，赵宇东对此也保持了沉默，这些日子一直躲着她，好像他们之间真的发生了什么。开始她还对种种流言蜚语也十分生气，时间一久也就坦然了。议论就议论吧，反正她什么也没有做，她和赵宇东之间是清白的。她以前对赵宇东并没有多少了解，只知道他是她的上级和领导，是她的一个校友。人不坏，仅此而已。她这次在出差途中，才算对赵宇东有了一个大致的了解。现在这样一个人一下子和她联系到了一起了，甚至还为此编造了他们之间的种种细节，她听了几乎想笑。她想起出差途中，有时她当着他的面擦一下唇膏，赵宇东都要退避三舍，更不用说别的了。而现在外面却在谣传他们之间在海南之行中的种种见不得人的事。她想想南方之行中赵宇东一路上小心翼翼谨小慎微的样子就感到可笑。但人言可畏，一切后来越传越远，连她自己都感到不可思议。当她听说这次赵宇东不可能再转正时，她感到一种深深的内疚和不安。这一切也许都因为自己。她想解释，但没有人愿意听她的，就连她的丈夫都不愿听她解释。她还能向谁解释，越解释反倒越像此地无银三百两了。她干脆就沉默不语了。她只是觉得对不起赵宇东，她很想为赵宇东说些什么，愿意接受任何调查以证明赵宇东的清白。但赵宇东坚决阻止了她。你太单纯了，赵宇东说，这事跟你没有关系，要说对不起，也是我对不起你。他不想再在这件事上纠缠下去，他不想再连累一个女人。她不明白这次赵宇东约她来是为了什么，如果能够挽回错误，她愿意为他做一切，只要能补偿他的损失。

赵宇东背对着马路，面对着河水，正在抽烟，虽然背对着她，她还是一眼就认出他来了。她没有想到他也开始了抽烟。她走近赵宇东时，赵宇东并没有说话，只是默默地转过了身。

陈薇看着赵宇东，赵宇东也看着陈薇。赵宇东足足看了她有三分钟，然后突然说，我没有想到事情会闹到这样，是我害了你。

处长，怎么能怪你，陈薇说，是我连累了你，要是……

别说了，赵宇东摇摇手。现在说什么也晚了。现在我只想问你一个问题，你可以回答也可以不回答，一切由你决定。赵宇东眼睛直直地盯着陈薇的脸说，你愿意和我一起去南方吗?

陈薇被他突然提出来的问题像一颗子弹一样击中了，一时张大了嘴愣在了那里。

你要是愿意，我们就一起去南方。这次，我们去了南方就再不回来了。赵宇东顿了一下说，你好好考虑一下，我不勉强你。我已经买好了两张机票，三天后在机场等你。一切由你决定，如果你去的话，你就直接去机场。你还有三天时间考虑我的建议。如果你不去，你就把票扔了。我知道现在提这个问题对你有些太突然了，但我没有别的办法，我这样做是经过反复考虑才决定的。总之，还有三天时间，一切悉听君便。

三天后，赵宇东在登机前最后一刻看到了陈薇。当时赵宇东独自一人黯然神伤地站在机舱的门口，准备向汝城作最后的告别，突然他看到陈薇穿了一件绿色的连衣裙越过宽阔的停机坪向他飞来。他觉得这件连衣裙非常眼熟，后来才想起这是他和陈薇一起在海南买的，他感到一种久违了的冲动突然涌上了心头。赵宇东手攥着舷梯的把手，然后又向下走了两步，远远地他觉得陈薇在机场上就像一株南方大街上的棕榈树，清新，亮丽，美好。他忽然觉得南方的棕榈树非常漂亮迷人。

人在旅途

你从一辆红色的夏利出租车上下来，顺手把一张十元的钞票扔给了司机。就在下车的一刹那，你扫了一眼计程器，红色计数器上写着 8：00，不用找了，你大方地说。司机在车上咕哝了一声客气话。你很气派地砰地一声关上了门，然后趾高气扬地走向火车站的候车大厅。在那一刻，你感觉很好，甚至产生了一种优越感。到底是小城市，物价就是便宜，以你的收入，你在这样的城市完全可以经常坐出租车。其实你不是那种喜欢讲排场的人，而且非常节约，但是偶尔这样奢侈一下，你感到非常愉快，心情也非常好，其实以前你怎么就没有发现坐出租车比挤公共汽车舒服呢？怪不得有那么多人追求享受，本心而论，每个人骨子里都有堕落的基因。你觉得你也开始堕落了，你不知从什么时候起开始产生这种念头的。你确实感到有一种堕落的倾向，这很危险，你在心里提醒自己。你觉得你在众目睽睽之下走向了候车大厅，其实没有人看你，但你在那一

刻觉得有人看你，其实大家都在奔向候车大厅，他们在等着上自己方向的列车，没有多少闲情逸致看人，何况一个中年男人（你不喜欢提中年，你从来没有认为自己已到了中年，你在内心里总是把自己当作一个年轻的小伙子，觉得世界上还有许多的机遇。其实也是，你在到达中年之前，许多事，在青年时代应该做的事，你都没有做，你要补课，也许正因为这个原因，你就不承认自己已经人近中年，比如你就没有谈过恋爱，没有那种花前月下的幽会，更不用说那些情人什么的，在这方面你是一个低能儿，一个失败者。你和琴是别人一手撮合的。在二十八岁那年，有人介绍你们在公园见了一面，几乎没有说话。不能说喜欢，也说不上讨厌，就这样你们把被子抱到了一起，当晚你就与她发生了关系，她一点也没有拒绝，但你也看得出来，她和你一样也没有什么激情。只能说她并不反对而已。事后你非常后悔，你觉得事情并不像你在一些所谓的科普书和时髦的杂志上看到的那样，一点意思也没有。这就是你们生活的基调。第二年你们就有了孩子。后来一切就如同大多数家庭一样，你们在一起礼貌地过日子，其实你们的关系在第一次见面时就定下来了）。你自己都不明白，其实你根本可以不结婚。你当然没有跟妻子讲，你不是一个把什么都挂在嘴上的人，更多的时候你在沉默。当然沉默的时候，你在心里与自己说话。你没有朋友，只有熟人。谁都一样。在这个时代朋友总是越来越少。

你已经很少这样一个人出门，你是一个有家的男人，现在出门总是拖家带口。像这样一个人出门，身上只背着一只双肩背，已经是久违的事了。两年前妻子的单位半停产，妻子下岗在家，每月拿二百二十元生活费，好在你所在的那家报社效益还不错，业余时间你还为一些报纸杂志写一些连自己都不好意思署名的关于家庭婚

姻爱情什么的，连你自己都不相信。但收入不菲。不过你从不好意思提。但钱还是一样的。所以你并不感到生活的威胁。下岗的不是妻子一个。你知道担心也是无用的。你是和妻子女儿一起到岳母家来过年的，现在刚刚过完年，就得回去上班，单位总是在初五就上班，老一套，其实去了没有什么事，去了也是聊天。相比之下，你宁愿到单位聊天。你不想在这里待了。现在你一个人回家，回到白城的家。把妻子和女儿丢在了浮城。浮城是妻子的老家，妻子已经下岗了，反正回去也没有事做，你乐得一个人回去。上班对妻子已经变得无关紧要了，当然你没有这样说。你说，你们在这里玩几天吧，反正毛毛要等过了十五才开学。你就是这么说的，真正的话在话底下，她懂。你挎起那个红色的双肩挎就出了门。等开学了，再跟妈妈回家，你对女儿说，然后在她草莓似的粉脸上抚摸了一下。分手的时候，你心里忽然冒出一丝凄凉。女儿的眼睛很茫然。跟爸爸再见。妻子说。再见。女儿跟着学舌，你只是点了点头，你什么也没有说。

你觉得已经很久没有这样一个人出门旅行了。你忽然觉得特别轻松。这种心境只有在上大学或者做单身汉时才有过的，现在觉得好像很遥远了，有一种恍如隔世的感觉。其实你忽然明白，你心里很久以来就盼着有这样一趟旅行。你自己也说不清为什么。你只想一个人旅行，轻轻松松地，什么也不想。出门的时候，你感到十分轻松，这种心境也是久违了的。你觉得这是一个好兆头。

候票厅的人并不像你想象的那么多，当然比平时要多。四周挤满了卖箱包杂志的摊位，杂志花里胡哨，大部分都是书商搞的，不是强奸就是暴力要不就是内幕什么的，千篇一律，你在这一行已经干了八年，瞒不了你，你懂。这种内行感再次增加了你的自信。你

当然不会买这样的地摊货，你在叫卖的小贩子手里买了一份参考消息，一份浮城晚报，一份文摘报，准备路上看，报纸的价格比外面贵出一倍。这么贵，你嘟哝了一声。大厅里的人比平时多，你知道大多是回去上班的，也有去外地的民工，大包小包，旁边还站着送行的亲戚或者朋友，你只是一个人，这让你感到自由。人头攒动，乱糟糟的，空气里散发出腐烂的气息。像个难民营。你皱了皱眉头，你知道哪里都一样，没有如意的事，到了这么大年纪，你知道世界不是你年轻时想象的那么单纯，你也不再那么激进了。世界就是这样子。你得受着，没有选择，你扫视了一眼人群，希望发现什么熟人或者朋友。其实你知道，在这里，你不会有什么熟人或者朋友。在这里你完全是个陌生人。你用目光找了一下车次。你看到前面竖着一只长方形的小白铁牌，上面用红色的草体写着：

K—2

浮城——白城

开车：14：00

你看了一下墙上的石英钟，时间已经是13：50，离开车时间只有十分钟。检票的服务员还没有出来，但前面人群骚动起来，开始向前蠕动。你不喜欢这种氛围。这也是你很久都不坐火车的原因。你受不了火车的等待，买票，检票，上站，拥挤，把一趟平平常常的旅行弄得十分紧张。所以你讨厌坐火车，大部分时间你坐汽车，还有飞机。当然出差时多数时间还是坐火车，不过你总是花钱从软席先进站上车，宁愿多花钱，也不想受挤。你觉得你开始变了，不再愿吃苦了。你不慌不忙地跟在人群后面往前蠕动，你并不急，反正你一个人，而且是对号入座，你一点也不担心。你一向是讨厌坐火车的，但这次你自己也不明白干吗要选择坐火车，其实到白城的汽车很多，中巴大巴都有，根本不用挤火车。但你还是选择了火车，当然别人向你推荐过这趟火车，说干净，舒适，而且快捷。这是一个原因，当然另一个原因是春节这几天老下小雨，路上滑滑的，已经有几辆车在路上出事，当然这是难免的，但你有些迷信了，你犹豫不决。妻子也说，坐火车吧，这种天汽车不保险。其实也没有什么，每天不知多少人坐汽车哩。你嘴上这么说，心里却开始动摇了。这是你选择火车的另一个原因。人一过了三十岁，就开始迷信了，你觉得这是人在走下坡路的标志。儿童和青年是不迷信的。你嘴上不想承认，可这是事实。

当然你最终选择了火车还有另一个原因。你总想在火车上遇上点什么，自从上大学那会儿，你有过一次那样的艳遇外，后来你再也没有过那样的机会。那次，你在车上邂逅了一个女大学生，谈得非常投机，可是你那时太年轻，没有抓住机会，这大约也是影响你后来婚姻的一个潜在原因，虽然你嘴上不愿承认这一点。你一直对这事后悔不已，你相信那是你一个陌生的知音，那样的女人千年一遇。后来你当然还有过这种想法，直到工作之后，有一年到你上大学的城市组稿，你还特地乘坐了这趟设备很差的火车，你特地选择了第十三节车厢，那是一个夜班火车，车上几乎没有什么客人，你甚至还找到了那个第三排的靠窗口的双人座位，茶几上面还清晰地刻着一行字：1984 年 8 月 26 日。那是你刻的，当时你想你应该刻下这一时刻。第二年你就从学校毕业了。你再也没有见到她，你连她的名字都不知道，你当时根本就不好意思问她，你知道她在图书馆学系，但自从找了一次没有找到，你再也没有勇气去找她，因为你说不出她的名字。你只说她剪了短发，蘑菇头。这样的头在那时候非常流行，是一种大众头。图书馆系的女生朝你笑起来，你在笑声中一溜烟逃跑了，你再也没有勇气去寻找那个在火车上邂逅的女生。后来你又坐了那次列车，但没有再遇见她，参加工作的那一年，你专门坐了那次列车，但也没有遇见她，这是自然的，这种概率几乎等于零。现在那趟列车已经停开了，一切都消失了。在列车停开的第二年，你成了别人的丈夫。

你没有把这个故事告诉琴。这不关她的事，这是你心底的故事，你认为社会学家所谓夫妻之间应该无话不谈没有秘密的话是十足的蠢话。

不知道是不是这件事使你突然想起来坐火车。反正你来了。你扫了一眼四周的乘客，你发现在你身后不远处有一个穿黑色短大衣的年轻女孩，差不多也是一个人。你感到一阵兴奋，你若无其事地悄悄窥视了一眼，她甚至还真有几分像那个列车上的女生，当然不可能是她，这个女孩太年轻，而且还是披肩发，波浪形的，拎着一只花格子旅行包，她的皮肤在黑色大衣映衬下显得非常的白。你在心里说，如果能和这样的女人同车就好了，最好是同座。你觉得这种想法很可笑，所以立刻否定了这一点。但你在心里仍然想，就是同一个车厢也是好的。这种天真的想法使你快活起来，其实你也知道，你还不知道那个女孩是乘坐哪一趟列车，这个候车厅里这一刻有四列火车到站。你们都是旅途中的旅人罢了，这一点是共同的。想到这一点你微微有些失望。在这个年龄你已经知道世界上许多事是不能选择的。这也许就是命运。虽然你在嘴上不愿意提到这两个字。你当然希望能有这样的艳遇，你当然不是头一次乘火车，从理论上讲几乎每辆火车上都有年轻漂亮的女人，你几乎总能发现这一点，但你总是与漂亮的女人失之交臂，你和所有的男人一样，都希望在漫长寂寞的旅途中，能与一个漂亮年轻的女人做伴，这会使旅途充满了乐趣，但你发现每次你总是与那些漂亮的女人擦肩而过。你一次这样的机会都没有，当然也不能说一次都没有，比如在大学里。但那次，你把那样的机会放弃了，为此你后悔极了。当然那时你太年轻，不能怪你。换了别人也会犯这样的错误。你想你不会再犯这样的错误，把机会白白浪费了。但你从此却再也没有这样的机会。你当然不可能每天在列车上等待这样的艳遇。可这次，你忽然又产生了这样的心境，也许因为今天你一个人的缘故。这种时候，人也许容易产生一些年轻的想法。就像现在，人的心情总是与特定时间的心境、环境等等有关的。

队伍在向前移动，这时没有妻子、女儿，也没有大包小包的东西，你忽然产生一种难得的轻松感，你仿佛又找到了从前的那种心境。又回到了从前。你不必为早早到车上抢一个座位而担心或者急躁了。你尽可以悠着点，因为你持的是一张有座票，对号入座，你根本就不用为这个担心。你那样就像个闲人，这种想法使你感到一阵放松，你好像又回到了大学时代，你可以像年轻时一样从容。当然你比以前多了一种自信和从容。你毕竟不是一个大男孩了。你有些宽慰，你毕竟还年轻，至少你觉得自己还年轻，和大学里的研究生没有任何区别。你想如果再回到学校，没有人会怀疑你是一个有六岁女儿的爸爸。你再次回头扫了一眼，那样子好像在看后面拥挤的人，其实你是在找那个黑天鹅，这是你给那个女人起的名字。刚才只一瞥，你发现她只有一个人，这有些让你兴奋，或者暗暗高兴，虽然她与你无关，你们只不过是萍水相逢的旅客而已。

等待检票的队伍猛地收缩了一下，就像弹簧猛地抽紧了。你身

不由己地向前挤去，你把挤滑下的包重新背好，然后把一只手腾出来，把票递给女检票员，她接过去用一把镊子似的剪刀夹了一下，然后还给你，你再次看了一下手中的车票。8 车 1 座。你当然知道这是新近开行的全封闭旅游式豪华型列车，双层空调，全程对号。这也是你愿意乘这趟车的原因之一。你现在已经开始讲究起舒服来了。这不好，但有时，你发现这也可以让自己世俗的念头稍稍满足一下。当在购票口看到学生为买半价票争得面红耳赤时，你感到有一种稍稍优越感。当然这种优越感是用青春换来的。代价不菲。不过每个人都一样，当你女儿长大的时候，这些自信的大学生也会成为叔叔或者阿姨。你穿过大厅，走向停车道。不少人向自己车厢那边飞跑，其实根本用不着，因为是对号的，所以你很悠闲地向前走，你的车厢在后面，接近车厢的尾部。你根本用不着赶。你这种单身汉的心境使你再次感觉好起来。你已经好久没有这样的心境了，虽然你并不大。

8 号车厢到了。你在草绿色的车体上清楚地看到了 K—2 字样。下面写着：浮城——上海。白城是其中的一个中途站。当然是一个大站。车体上的漆看上去还是新的，散发着一股油漆味似的。当然这只是你的想象，事实上并没有油漆味的。但车厢的确是新的，这种感觉使你感到十分舒服。一个戴着草绿色船形帽的女列车员立在车厢的入口处。你看到了她手上的白色手套。前面的人把票递给她，她看了看然后还给旅客。你甚至在她例行检查时对她笑了笑。那是个善良的女人。大约三十五六岁吧。你从她手里接过票就跨上了车厢。往西，列车员提醒说，其实你是知道的。你不是第一次出差。不过你还是礼貌地说了声谢谢。你跨上踏板时，忽然觉得其实你还年轻，你身上还有一股使不完的劲。你简直身轻如燕。年轻，这种从天而降的感觉令你十分激动和振奋。车厢里的地板几乎一尘不染，向右拐就是 8 号车厢。也就是你的车厢，车厢里的地上铺了地毯。同样是绿色的，给人的感觉非常舒服，车厢里的座位蒙着白色的套布。车窗上还挂着印花的窗帘。车厢里显得窗明几净。你觉得好久没有坐过这样的车了。你走上上面的二层，你看了看车厢两壁上的号码，没有你的号码，你后来才发现其实你的号码在一层与二层的连接处，准确地讲是在中层。并不在标准的车厢里。这稍稍有些令你失望。其实车厢里的人并不多，你完全可以在别的地方找一个空位子。但你是那种守规矩的人，不喜欢这样做，你总是认准属于你自己的东西。所以你还是回到了上下层的连接处，在拐弯的地方找到了你的座位。那是一个双人座，你是 1 号，靠近窗口，外面的是 2 号。这两个座位比起来车厢里的座位稍稍小了点。看起来像那种小咖啡馆里的车厢座，你有些懊丧，但还是坐了下去，你尽量安慰自己，其实这比那些硬座车好多了，而且绝对没有那些拎着大担小包的鸡鸭鱼肉的农民。所以这种车是道地的旅游车。干净舒适。总比没有座位强。记得上大学时，你曾经在车上站了一晚上，下车时，腿都发麻了，你把背包放到上面的行李架上。行李架也是新的，铝合金的，银光闪亮，精致轻盈。你放下包，在座位上坐下来，然后看着上车的旅客。有的到二层，有的进一层，他们都要从你面前经过。一般来说，你喜欢上层，可以观看外面的景色，而且上层给人感觉要好一些。你有些羡慕上面的人。你不知道你旁边的那一位客人是谁。是谁都一样，因为这是你无法决定的。当然你不希望来一个你不喜欢的客人。比如说一个脏不拉唧的旅客，不过你顾不了那么多了。你目光茫然地注视着上车的旅客。先是上去几个老人和孩子，然后是一对夫妇。接着是两个年轻人，也许是大学

生，还有几个显然是做生意的人。你看着他们完全是因为无聊。你本来是可以看报纸的，你在候车室特地为自己买了几份报纸，一份参考消息，一份浮城晚报，还有一份文摘报。准备用来在车上消遣的。你知道一个人坐火车其实是很寂寞的，所以买几份报纸在路上打发时光。这时你又觉得要是与妻子女儿在一起也许要好些，至少不寂寞。你想这时女儿大约又在看电视了，现在的孩子成了电视的俘虏。真不知是幸还是不幸。你的目光还在车厢里游移。就在这时候，你看到了一个熟悉的身影——黑天鹅，你在心里差点叫了起来。虽然你没有看到她的脸，但从她的衣服和她的背影，你已经认出来了。你相信是她，你相信你的直觉。这个意外的发现令你兴奋。你当然没有表现出来，到了这个年纪，你已经不是那种小年轻了。再说你的身份也不允许你这样做，你看到她拎着花格子包向上层爬去。她当然没有发现你，就是发现了也不会认识你的，她一定不会像你注意她那样注意过你。所以你可以从容地在后面观察她，这给了你一种优越感。她上身穿了一件短大衣，黑呢的，下而是一件褐色的针织长裙，这使她的身材显得很颀长。包是那种方格子的，显得很空，里面看起来没有太多的东西。在她上楼梯的时候，你感到她的身材格外苗条颀长。黑天鹅这个词再次跳进了你的脑海里来。就像一块石头扔进了水里，激起了阵阵涟漪。你忽然想起了缘分这个词，这个词从来与你无缘，也许现在你该运交桃花了，你想，毕竟你在这方面从来都没有什么好运。你觉得这真是一个好兆头。女孩——你不愿使用女人这个词，你觉得这个词是对那些妙龄女子的一种侮辱。女孩踏着模特步缓缓走上上面的台阶，你知道她会在这个车厢，但她也许将与你再次失之交臂，因为显然她的座位与你的相距甚远，甚至连对面的机会都没有了，她在上层，

而你在车厢的转角处。甚至连看都看不上一眼。你感到沮丧，好在她总算出现在你这个车厢，光凭这一点也令人兴奋了。毕竟五十步与一百步是不一样的。你想，她至少在你的车厢，至少她将通过你的面前，因为这里是必经之地。你像是门卫，没有人不从你面前通过。你将一一检阅他们。你看着她的身影渐渐上升，然后进入上层，她在踏上最后一个台阶时，那只黑色的高跟鞋显得尤其高。你像在仰望一棵大树。细长挺拔俊逸。你微微感到有些失望，漂亮的女人总是离你很远。你从来没有机会。你知道她将走进上层其中一个座位，然后放下包，矜持地坐下，令与她同座的人会大为兴奋，就像天下掉下个林妹妹。没有人会不高兴，漂亮的女人不仅为男人欢迎，而且也为女人欢迎。人总是爱美的。没有人能例外。你从包里取出叠在一起的几份报纸，准备看报，因为她已经与你没有关系了。你打算借看报来打发时光，同时稍稍改变一下心境。但你看不下去，报上的字离你好像很遥远，你索性放下报纸胡思乱想起来，你在出神，望着通向上层的楼梯出神。你希望出现奇迹，但楼梯上只有一个来来回回上上下下的女孩，也许与你的女儿差不多，当然比你的女儿顽皮一些，显然是个爱动的女孩，随着她的上下跳动，头上的一只花蝴蝶结也一起一伏地跳动，好像是一只活的蝴蝶。你等待的时间足足有两分钟，没有人下来，你真的有些失望，你知道没有戏了，就像在露天电影院里，看到电影布已经开始降下来了。你开始无聊地低下头，茫然地注视着那个铺着草绿地毯的台阶。你希望再次看到那双脚。不知是不是幻象，你果然真的在几秒钟后看到了一只高跟皮鞋，先是一只，然后是另一只，你一眼就认出了那是她的鞋，你能感觉出来。那两只鞋一步一步地向下移动。你的目光开始顺着那只乌黑的皮鞋往上移动，先是皮鞋，然后是褐色的长

裙，然后是一只花格子包，最后是一件黑色的短呢大衣，你忽然感到心脏狂跳起来，你觉得她像仙女一样下来了。简直就像是故事，那个女孩好像事先安排好的，径直走下来，然后一直地走到你的身边，几乎看都没有看一下，就把包放下来，然后举起来放到行李架上，和你的包放在一起。那个女孩在往上放包的时候，微微感到有些力不从心，你在一种十分被动的情况下目瞪口呆地看着她完成了这一切动作，当时你很想站起来帮她把包放上去，这对你太容易了，但不知出于什么原因，你没有动，你的神经好像短路了，你只是在心里替她使了把力，你的身体仍僵在那里，好像被谁施了魔法，连呼吸都好像停止了。这一切发生得太突然了，你根本就没有来得及思想或做出反应。你当时一定有些失态，因为这一切对你来说太突然了，你简直就不敢相信，这太像你在小说中看到了那些浪漫的爱情故事了。你一时几乎分不清这到底是你的想象还是真实。直到后来你闻到了她身上的香水味，你才相信这不是一场白日梦。后来你还在心里嘲笑自己，都三十多岁的人了，何以像个毛头小伙子，在女人面前这样笨拙。唯一的解释就是你没有想到事情会这样突然，你根本就没有想到好运会这样从天而降。你没有想到事隔多年以后，在女人面前你仍然这样不堪一击。怪不得你一直没有交桃花运。在你还没有任何心理准备的情况下，那个陌生的女孩落落大方地坐在了你的旁边的 2 号座上。然后闭上了眼睛。你觉得空气中的成分此刻一定发生了变化。你不敢正视那个女孩。你觉得她身上有一种逼人的气息。如果她再大一点或者再小一点，或者丑一点，你都可以应付，但她与这一切无缘。你不能用既往的模式来套她。在这时，你想起外国电影中的镜头，男女主人公此时肯定微微一笑，或者男人很贵族很绅士地站起来，帮女人把包放上去，然后

笑一笑，自报家门，威廉罗伯特或者约翰比尔什么的，女人当然也会甜蜜娇滴滴地道声谢谢，当然也会报一声自己的芳名珍妮或者路易丝什么的。接下来可能就是交谈了，当然会佐以香烟或者咖啡什么的，接下来的一切都是很俗套的东西了，在好莱坞的电影中屡见不鲜。你还没有想好电影中的台词。女孩已经在你身边坐了下来，一切都令人措手不及。你顿时感到呼吸有些不自在起来，你甚至有些害羞。当然你设法不使对方看出来，但她似乎并没有注意你，至少你没有感到她在注意你。这一点，更使你感到有些尴尬。你想说点什么，便却找不到任何话，因为她显然不想和谁说话，当然也包括你，这一点，从她一上车来时的表情你就看出来了。不过有一点使你微微有些高兴，她也是一个人，这一点是十分明白的。如果两个人，她就不会这样了。她这样一上来就困也许是真的疲倦，也许她是想避免与你当然也包括其他人说话。也许这是女人的自我保护术。显然她是不想与人说话的，这一点你多少有些失望。你不想惹没趣，你也是有身份的人。你至少自己这样认为。所以为了掩饰你的尴尬，你开始看报，好在你上车前特地买了几份报纸。这时报纸派上了用场。你开始看报，当然你并没有平时那么进入角色，报上也没有什么特别的新闻，这同样令你感到失望。你感到今天的报纸尤其没有什么意思，有一种被欺骗的感觉。几份报纸你很快就看完了。你尽量把声音弄得小一点，你边看报纸，边想着那个女孩的来历。从她的衣着和年龄看，她倒像个大学生。当然不是那种本科生，至少是研究生，或者博士生。这是可能的，不过就你所知，在学校里很少有这样的美丽的女学生，至少中文系是罕见的，其他系当然也难说。从她的气质看，她不是那种营业员或者公关小姐什么的，她身上有一种优雅甚至高贵的气质。但从她的衣着来看，她不是那种小姐身份的人，你一次次猜测她的身份。但你不知道。也许是机关工作人员。但你还是不能界定她的真实身份。如果你不能界定，你就不好说话，否则是对牛弹琴。你宁愿把她想象成大学生。如果真是这样，你倒是可以好好和她谈一谈，毕竟你离开学校的时间也不太久，而且你在学校里待了这么多年，你和一个大学生是有话可谈的。你们可以谈许多的东西，也可以找到许多的话题。这是无疑的。一想到大学，你就找回来几分自信。你甚至迫切地想找个人谈谈。你离开大学太久了。你很想在列车上重温大学旧梦。三十岁一过，你觉得你开始变得爱回忆和怀旧了，甚至有些婆婆妈妈了。报上的消息一点也没有引起你的兴趣。三份报纸你一会儿就翻完了。你用眼角的余光扫了一眼身边的女人，她这时已经睁开了眼睛，但你看得出来，那种目光是冷淡的，是拒人千里之外的。你看得出来她并不想找你谈话，甚至在回避你。你在心里准备了许多开场白，但用不上。你想问她那些普通的俗而又俗的话题。在旅途中，人们都是这样开头的。你是到某某城吗？对方便说，我到某某城，如果对方是个好客的人，便也会反问一句。你呢？如果你正好与对方同一个方向，你便会露出几分高兴地说，正好，我也是到某某城的。我们在同一个地点下车。当然也可能不在同一个地点下车。只要有了这句开场白，下面的话就好开始了。你们会谈到你是从哪里来，干什么的，虽然好像是调查，不过大家都是这样开始谈话的。没有多少例外，当然也会谈一些天气或者别的什么新闻之类的东西。一路上就很融洽了。你当然也想这样开始，虽然你觉得这是些愚蠢的问题，但你实在找不到什么更好的开场白的话。你很想找点什么。你看得出来，这个女孩根本就不想说什么话。你看得出来她也觉得自己是个美人儿。这你可以从旁边经过的人的目光中看出来，不断有人从她的身边走过，而且几乎每次那些经过的男人都要停下来装作若无其事地蓦然回首，其实他们无非是想借机好好一饱眼福。有的人甚至来来回回几趟，有时去倒水，有时去上厕所，有时纯粹是到过道上看看，装模作样，其实只是为了接近她，好好看一看，这使你想起在大学里看的那个古代美女罗敷的故事。这样的事，你也干过。有次，你在马路上看到一个很像你的以前的那个在上大学的列车上邂逅的女大学生，你加快车速追上去，然后又调转车头把那个女人好好看了个正着，当然不是你要找的那个女大学生。他们只是有几分相似而已，那个女人已经很大了，一脸斑，结果你闹了个大红脸。那已经是多年前的事了。所以你对那些男人的小把戏十分熟悉，并在心里暗暗感到好笑。你想此刻你一定是他们最最嫉妒的人。显然有人把你们看成了一对。你为此暗暗得意。你唯一感到有些失望的是你的邻座显然没有与你说话并进一步发展关系的欲望。你感到多少有些尴尬。

你开始望着窗外，希望外面有什么吸引人的景色，但是没有，都是以前的景色，你熟得不能再熟。这条路上的几乎每块田地，每棵树，每条河流，每座山岭，你都十分熟悉。没有什么新鲜的东西。你感到对你一点没有什么吸引力。你感到微微有些沮丧，你希望那个同座的女孩能先开口，比如打听你去哪里，或者随便说点什么别的东西，但是没有，她根本就没有这个表示，她不是那种喜欢在外面随便找人聊的女人，也许是太矜持的女人。正是这一点对你越发具有诱惑力，当然也许她内心里也有与你说话的欲望，但她这样的女人不会主动与你说话，她不是那种随便的女人。她不是那种交际花。这样的女人也有她的局限。这时，她在目不转睛地看着邻座的一个小女孩与她的母亲撒娇。那个五六岁的女孩不断地缠着她

的母亲，让她给她讲故事，故事讲完的时候，她就强迫她再讲，那个母亲显然不是那种擅长讲故事的女人。她的故事并不多，一讲完，那个女孩便让她再讲，而她根本就没有多少故事。于是那个女孩便与她母亲皮脸，揪她的鼻子让她装大象或者扯她的耳朵让她当小狗，或者搔她的痒痒。那个母亲发出一阵阵笑声。邻座的女孩看得十分入迷。你在想着怎样与那个女孩接触。当然你也很自信，你也是一个不错的男人，你相信那个女孩不会连这一点都看不出来。你知道不能指望那个女人主动，你知道时间不会太多了，还有一个多小时车子就会到达你的目的地，那个女人也许会随时下车。你不想再次失去这样的机会，当然你只是想与一个漂亮的女人说说话，并没有什么更深一层的目的。如果有当然是好的，但你现在只是想与一个漂亮的女人说说话。你想大多数男人处在你这个位置，都想与女人说话，这在旅途中是最好的消遣了。你在心里一遍遍地盘算着怎样打破沉默。你不想把事情搞砸。你想通常会问小姐你到哪儿，但这是刚上车时的问候语，而现在车子已经行了几十公里了，这样的话会被人当成一个傻瓜。当然还有什么别的开场白，但你没有什么把握，而且那个女人好像在提防你似的，没有主动与你说话的欲望。这时你更加想打破这种尴尬局面。你反复地设想与她的开场白，希望既能引起她的兴趣，又不至于使她对你产生不良印象，同时还能使话题继续下去，你在心里准备了许多种开场白，但最后又一个个地被你否定掉了。那一刻你觉得你真是个低能儿。连一句吸引女人的话都不会说，你真是个大傻瓜。你在心里打了半天腹稿，后来你终于想到了一个合理的在你看来还十分妥贴的借口，你忘记了戴表，你想那是一个十分礼貌的问话，没有人会怀疑它的合理性。你为这样的想法感到高兴和鼓舞。你想了半天，终于在那个女孩转头过来向外面观看的时候，不失时机地开口道，请问现在是几点钟？你想说小姐，但你又觉得这个称呼现在太多太滥，而且如果这是个学生，她会把你这样的称呼看成俗不可耐，你在怎样打破沉默上很花了一番功夫，你为此在心里很感到可笑，你已经是一个三十多岁的人了，而且你的女儿都和对面那个顽皮的女孩一般大了，你已经很久没有这样为讨女人的欢心而绞尽脑汁了，但你发现你现在几乎难以自拔。男人啊！

请问，现在几点了，你尽量装得若无其事地说。其实你在此之前很久，都没有去打扰那个女人，你不想做出一副轻薄的样子，让她看轻你，你不是登徒子。你觉得刚才上车时没有冒冒失失地去找她说话是明智的，这同样使她会对你产生一种好印象，至少不会觉得你和大多数男人一样是一种俗物，见到漂亮女人就像苍蝇见到垃圾一样扑过去。你装作聚精会神地看报，看外面景色，思考，你尽量不说话，举止得体，你相信在她眼里你至少不是那种色迷迷的男人，不是一个浅薄的人。在经过这一番精心的准备之后，你终于抛出了你的精心制作的诱饵。

你担心她不会回答你。但迟了几秒钟，然后她还是把手腕向上抻了抻。你看到了一截白嫩的手腕，然后是一块小巧的坤表。三点零五分。女人对你说。她终于开口了。而且是专门对你开口的，在这辆车上她只对你一个人开了口。当然她表现得很平静，既没有高兴也没有什么不高兴。你为此感到十分高兴，至少她开始回答你的问题了。你成功了，你抑制着内心的激动。

谢谢，你说。你知道僵局已经打破了。你看到那个女人并没有什么明显的不高兴。这是一个好兆头。你说，你是去哪儿。你尽量自然地说。

白城。女人回答说，非常简洁。

我也是去白城的。你说。

女人瞟了你一眼没有说话。

你是白城人？你没话找话说。

是的。女人显得不十分情愿地说。

你听起来不像是地道的白城人。你有些自得地说。你的口音不像正宗的白城人，他们的口音和你的不太像，你的口音听起来像北方的口音。

是的。她瞟了你一眼，好像怪你多管闲事，但她最终还是说，我父母是北方人，我小时候是在北方长大的。

哦。你嗯了一声，表示赞同。

你是到浮城来探亲的了。你几乎用一种主观武断的语气说。

她嗯了一声。你呢？

我也是，你犹豫了一下，本来你想说，你妻子的娘家在这里，但最后你还是说，我有个亲戚在这里。你巧妙地用亲戚这个词取代了岳父。你不想把这个词说出来，你觉得这会破坏此刻的气氛。岳父这样的词在这样的场合是不合时宜的。你为此心里微微感到有些发烧。

你们之间的谈话好像一下子就完了，不知怎么才能接下去。你原以为她会问你在哪里工作等等俗套的话，但等了半天，她并没有问，也许她觉得这是你的私事，所以没有开口。在这方面女人也许比男人多个心眼。但你还是毛遂自荐地说，我也是在白城工作的。说出这句话，你感到有些不自在。这本来应该是她问你的话。你忽然这样说出来，很不自然，有些造作。你有些恨她。当然你没有流露出来。你不能就此罢休。你已经欲罢不能。

你看起来像是个学生。你说。

这句话让女人笑起来，她笑的时候，你看到了她满嘴的白牙，非常整齐。你很少看到这样美丽的牙齿。她笑得很有味道。含蓄，优美。

你怎么觉得我像个学生。她说，你觉得我像吗？

当然。你说。

你这样肯定。女人说，凭什么你这样看？

气质。你说。我觉得你身上有一种难得的气质，这种气质只有学生身上才有。

你看到她笑起来。接着她笑着否定了。

那你在哪里工作的？你接下去问道。

医院。她说。

怪不得。你好像恍然大悟。也只有医院才有你这样的气质。你明显地拍着对方的马屁。好在还并不肉麻。

显然她并不想让你知道更多的事。她不愿就此深谈下去。但你却穷追不舍。你不想就这样放弃，你是哪个医院的？你说，你说出来之后，才感到你问得太鲁莽了些。但你已经问出来了，你不想道歉什么的。你是个男人。

鼓楼医院。她不很情愿地说。

原来是鼓楼，你好像发现了新大陆似的，我可是经常去那里看病的。你觉得你们之间的距离正在一步步缩小。我们还是邻居哩（这话有些夸张，你们之间的距离至少有两站路，好像她不会真的在乎这一点）。你说。你为此感到有些暗暗地得意，觉得好像冥冥之中，维纳斯正在向你招手。

如果我没有猜错，你一定是医生吧？你自作聪明地说。

她迟疑了一下，还是点了点头，算是承认了。

我看你的气质就是当医生的。你再次肉麻地吹捧说。我们经常到你们医院看病。你说，鼓楼条件在白城还是不错的，我们在那里定点。这话有一半是假的，你以前曾在那里定点，但几年前你们单位就不在那里定点了。当然你以前的确去过那里，但那里条件并不像你说得那么好，你其实已经很久不去，但你还是这样说了，你知道你是在心甘情愿地巴结她。她是你的女神。

其实条件也不算好，好多设备已经相当陈旧了。她说。

还是当医生好，你说，每个人都是需要医生的。人们对医生是非常尊敬的。

尊敬都是互相的。她说，你尊敬我，我就尊敬你。现在你们已经像老朋友一样交谈，你显得很放松，不再感到拘束了。你觉得你们正一步步接近。这正是你需要的。现在你需要的是如何把话题进行下去，不使它冷场，而且一步一步地进入你预想的阵地，你已经有好一会没有看车窗外的景色了。时间过去得比你想象得要快，你知道时间不会太多了，你应该抓紧剩下的时间，你不能再犯从前年轻时犯的错误了。一失足成千古恨。这次你觉得你已经开始成熟了。你面对女人已经不像年轻时那么紧张，匆忙，你表现得十分自信甚至有几分暗暗得意。你知道与你谈话的是一个漂亮有品位的女人。这是大赐良机。

你呢？她说，你是干什么的？

其实你早就等着这样的问题。你早就想告诉她你的职业。但你的自尊阻止你这样做。所以你等着她的提问，现在球终于踢过来了。记者。你说，我是一家晚报的记者。白城晚报。你故意谦虚地说。你知道在白城没有人不知道白城晚报。你故意看着车窗外面，

其实你眼睛的余光却悄悄地注视着她的反应，你希望她露出兴奋至少感兴趣的样子，但没有，她脸上一直十分平静，甚至没有任何变化。她只是哦了一声，表示对你的职业的了解。干你们这一行倒是很受欢迎的。她说，求你们的人一定不少。她说。

当然不少，你几乎叫起来。但你没有这样做，你不想让她觉得你太浅薄，你只是淡淡地说，怎么说呢，看情况，也不一定，如今记者这碗饭也不好吃，竞争太强，你甚至还叹了一口气，你早就想向人诉诉这苦，但没有听众，你渴望能找一个能听懂的听众。一个知音，你觉得像她那样的人可能是知音。你太需要知音了。男人三十岁一过，就需要知音了。还是当医生好。你说，任何时候人们都需要医生，任何人都不能离开医生。你把话再次引到医生这个职业上来。你不想把自己弄得比她更高明。你已经开始懂得女人了。你忽然发现其实你也是很会讨女人欢心的，只是以前没有找到合适的对象和机会罢了。

女人只是笑了笑。并没有接你的话茬。你想找到新的话题，可你没有找到，显然你还不是那种能在女人堆里混的男人，你还是缺少某种东西。总之，你还是太古典了。你们之间出现了冷场。这多少让你感到无可奈何。

也许快到了吧？你没话找话说。女人再次礼貌地抬起手腕看了看表。五点差一刻。

你说，快了，再有二十分钟，就到白城站了。你好像很有经验地说。

女人显得对此无所谓似的。她的脸上一脸的平静。你想看出她心里的想法，但你看不出来。对于女人，你还是缺少经验的。

你在车窗外看到了熟悉的景色。你感到了一阵轻松。到了。你

好像自言自语地说，车厢里一些性急的旅客开始骚动起来。有的人开始伸懒腰。或者开始整理桌子上的书报或者果品茶杯等等，有的人开始寻找车票，把一切可以装进包里的东西装进包里。

你没有动自己的包，你没有什么可以准备的，只有几张报纸，你已经看过了，你不打算再带走，至少你不想当着她的面把那几张揉得皱皱的报纸带走。你不想让她觉得你是一个小气的男人。你故作镇定。她也没有动。她甚至不看什么。一种很超然的样子。后来你在车窗外看到了编组站，看到了站台上的列车，看到了长长的月台。车速慢慢减下来。你知道你们的终点到了。

今天没有晚点。你说。

女人只是对你笑笑。然后从行李架上取下她的包。你想帮她一把，不知为什么，你仍然没有动。你只是静静地坐在那里。旁边在白城站下的人都拎着包挤在门口了。很多人目光盯在你们身上，也许他们把你们误作一对。你为此感到有几分窃喜。你不想说明什么。

你不下车？女人拎起包的时候，她对你说。

下。你说，不然我就被带到下一站去了。然后悠闲地把包取下来。你觉得包很轻。你跟在她的后面，你看到她的波浪发瀑布样泻下来，上面散发着柔软的黑色光泽，你几乎抑制不住地产生了一种想抚摸的欲望，当然你没有真的去动它，你知道你已经失去了这个资格，这一点在上车的时候，你就知道了。在等待下车的时候，她长长的发梢在你的脸上轻轻划了一下，痒痒的，然后就消失在下车的人流中。你没有继续跟踪她，虽然从内心里你有一种强烈的欲望，但你还是抑制住了这种欲望。你眼睁睁地看着她在人群中消失，甚至没有说一声再见。其实你早已知道这是你们之间的最好

的和必然的结局，你已经不是那个十年前的大学生，其实这个结局早在你结婚的时候就已经注定了，一切都是必然的。一切都无法挽回。她对你来说只是一道远观的风景，你只有在内心里与她道声再见。

你站在车站广场站台上静静地等车。你并不因为刚才的分手而沮丧，因为你知道有些东西是无法选择，也无法改变的。后来，你再次看到了那个女人，她已经坐在一辆开动的无人售票车上，那是24路。你知道这辆车是通往下关方向的，与你的方向背道而驰。在那一刻你相信她也看到了你，你甚至发现她脸上第一次露出了一种迷人的光彩。你朝她挥了挥手，她还没有来得及挥手，也许她挥手了你没有看见，那辆车就开走了。你知道这是最好的和唯一的结局。你把那张剪了口的车票扔到了地上，过了一会儿，又弯腰捡了起来，放进了口袋里。

然后，你放弃了等公共汽车，朝着一辆红色的夏利车招了招手。

谋杀蝈蝈儿

八月十日

现在，我满脑子都是蝈蝈儿的唧唧的叫声，这可恶的叫声像影子一样跟着我，可恶极了，令我一刻也不能安宁。我真想逃到一个没有蝈蝈儿的地方，可是我做不到，我得在这儿生活，在这儿栖息。这儿是我的家。我从来没有像现在这样痛恨过一只虫子。你也许无法想象，我是如此痛恨蝈蝈儿，哪怕花多大的代价——只要我永远听不到它那可恶的歌唱，我都愿意。它把我一切都毁了，我已好久写不出一行诗了，这只该死的虫子，我真不知怎么办。这会儿，它又叫了，唧唧唧唧，永无休止，我拿它一点办法也没有，我只好把两只耳朵堵起来。这该死的蝈蝈儿！

八月十二日

蝈蝈儿的出现，是在楼上的电钻声响过之后。在前些日子，那该死的电钻一天到晚响个不停，哒哒哒哒，像机关枪似地扫着，我觉得就像一梭子子弹打进了我的胸膛。我感到我的心在悸动，终日惶惶不安。我打电话到电台、电视台、报社、环保部门进行交涉，可一切都无济于事。我甚至觉得这些建筑工在故意和我开一种残酷的玩笑。每当我们休息时，他们便开始工作，电钻像机关枪似地扫过来，让你不得安宁。他们似乎存心折腾你。就这样响了半年多时间，弄得我有家难归，一回到屋子，就感到电钻要响起来，于是血压升高，心跳加速，紧张得心都要跳出来。这几乎成了条件反射。我一直怀疑自己是否已被折腾成了心脏病？这种想法越来越多地困扰着我，以致已根深蒂固。这一阵子，我觉得心里闷得要命，只要听到一点点响动，哪怕是一丁点儿，都吓出一身冷汗。我不知道自己是否真的患了心脏病，至少是某个地方一定出了毛病。可我不敢去医院，我怕得到证实，所谓讳疾忌医，大约就是这样吧。有一阵子，我真想弄一把冲锋枪，把肇事者和那些建筑统统夷为平地，只有这样才能使我内心平静些，可惜我既没有冲锋枪，也没有手榴弹，我不过是一介书生，一个诗人，或者用别人的话来说，不过是一个写几首歪诗的狗屁诗人而已。这年头最没人看的是诗，最不值钱的是诗人。这不是诗人的年代。一提到诗人，大家都客气地笑笑，哦哦啊啊，皮笑肉不笑，好像诗人不过是走乡串户的货郎和卖狗皮膏药的江湖骗子而已。不过我对这些不屑和虚假的恭维已熟视无睹，你不可能要求每个人都能为你喝彩。有时，我真想与这个世界同归于尽。

八月十三日

蝈蝈儿的出现，完全是偶然发现的。也许它早就出现了，只是因为我专心对付电钻而无暇顾及罢了。那些天，楼上马拉松似的装修工程总算结束了，我也顿感去了块心病，精神为之一爽，以为从此可以天下太平了，我为此庆幸。没想到就在那天晚上，我听到了蝈蝈儿的叫声。那天晚上，我正准备写一首诗。自从楼上电钻响起来之后，我许久没有写过诗了。正当我铺开稿纸、等待灵感光临的时候，我忽然听到了蝈蝈儿的啼鸣。开始，我以为只是一种偶然的发现，是一两只从阴暗角落里爬出来的蝈蝈儿，这样的居民区什么样的虫子都有，我甚至为此产生了一点诗兴，打算写一首《童年的蝈蝈儿》什么的，小时候蝈蝈曾给过我不少的欢乐。可提起笔，只写了个诗名就感到笔重千斤，这时我才意识到已很久没有写诗了，竟不知如何写第一句。天啊，那一刻，我的脑子里空空荡荡，我惊呆了，沮丧至极，我颓丧地放下笔，把槁纸撕成了一堆碎片。那一刻，我什么也没干，只呆呆地坐在写字台前，一直坐到老婆喊我睡觉。

八月十五日

一连几天，我都听到对面传来的蝈蝈儿的叫声，声音紧靠我的写字台，好像就在我耳边一样。我开始意识到这不是一只野蝈蝈，白天是不可能有野蝈蝈儿叫的。我把对面邻居家的阳台仔细搜索了一遍，最后终于发现花匠的阳台上有只蝈蝈笼子。“花匠”是我对对面楼上男人的称呼。他每天都在阳台上摆弄他的那几盆花木。蝈蝈笼子就挂在他家的阳台上，一点不错，是那种竹子编的蝈蝈笼，有一只灯泡那么大。我知道这一定是花匠为他女儿买的。他有一个胖女儿。在我的印象中，他只爱女儿和他的花。

八月十六日

蝈蝈儿又叫了，原先，我以为蝈蝈儿只是偶尔叫一下，那样倒不失一种野趣。可这只蝈蝈儿却似乎不知疲倦，自从我听到它的啼鸣，似乎就没有停顿过，中间的间歇，仅仅能以秒来计算，而且不分昼夜。我小时玩的蝈蝈儿从来没有这样昼夜啼鸣，它们不过偶尔才叫一下，我不知道到城里以后，它是否因为孤独才这样啼鸣。我平生第一次认真地观察蝈蝈儿，没想到一只小小的虫子声音竟如此刺耳，我写字的窗口离对面的阳台有十米的距离，但蝈蝈儿的叫声却像紧贴在我的耳边。开始，我以为只是心理作用，我试着走到另一间屋子，而且关上门窗，但蝈蝈儿仍在我耳边一个劲地欢叫。哎，蝈蝈儿!

八月十七日

我一打开窗户，就能看到对面阳台上的“花匠”。我真讨厌看到他，如同那只讨厌的蝈蝈儿。可他却每天在阳台上徘徊、伫立，不是看着路上的行人，便是朝我的屋里瞅，一脸的木然，从早到晚，从冬到春，我还从没有见过这么无聊的男人。他在阳台上呆的如此之久，连他脸上的几根稀疏的胡须，我都看得清清楚楚。我不知他到底要干什么，他为什么不去读书，看电视，或干点别的什么？可他似乎只会站阳台。如今，他又开始饲养蝈蝈儿，这个无聊的男人。

八月十八日

一大早，我就被蝈蝈儿吵醒来。那个无聊的男人正把一些绿绿的东西小心翼翼地塞进蝈蝈笼里，那样子比几年前喂他的女儿还要尽心。原来，我以为他只是为他女儿才买的蝈蝈儿，现在，我明白了，也是为他自己买的蝈蝈儿，这个该死的男人！

我越来越不能忍受蝈蝈儿的叫声，一天到晚唧唧的叫声叫得我心绪不宁，什么也干不了。我已很久写不出诗了，一首也写不了。一听到蝈蝈儿的叫声，苦苦等到的灵感便不翼而飞，满脑子只有蝈蝈儿和蝈蝈儿的叫声。世界上没有比蝈蝈儿更讨厌更单调更乏味的叫声了。我沮丧地意识到，我什么都干不成了，只要蝈蝈儿还在。

八月廿日

我决定看点书，也许看点书还是可以的，可是刚打开书，蝈蝈儿就叫了，蝈蝈儿一叫，满纸的黑字就像一只只蝌蚪游动起来，我一只也抓不住。连我自己也好像置身在云雾之中，飘飘荡荡。

完了，我想，真的完了，我什么也干不成了。我曾想当一名诗人，一个真正的诗人，可是天亡我也，不，蝈蝈儿亡我也，奈何！

奈何！

八月二十二日

妻子建议我休息休息，等心里安静下来再说。可是我不能休息，我已不年轻了，古人说三十而立，我都三十二三了，还要等到何时？越是无所事事，越是不安；越是不安，越是烦躁。我觉得我仿佛一只热锅上的蚂蚁。我真想逃到一个荒无人烟的岛上，过鲁宾逊那样的日子。近来这想法越来越诱惑我，一切都让我生厌而无聊，我甚至觉得生命也无足轻重，活着实在是件烦人的事，我真想远离尘嚣。

我该怎么办？

八月二十二日

也许，我该看看过去的朋友了。我已很久没有跟他们聊聊。我不去看他们，他们也不来看我，好像彼此都讨厌见面。以前，我一向以为朋友很多，静下来一想，什么朋友也没有，我宁愿不去见他们。虽然我们同在一个城里，却咫尺天涯！我们彼此既不打电话也不见面。我忽然觉得，在这个世界上，“知音”难，难于上青天。我压根儿就不想见他们，也不想他们来见我，还是彼此忘却的好，即使见面又能说什么？除了谈工资、天气、物价等等，无聊极了，还是不见面的好，不见面至少还存着一份希望，一旦见面，连这一份希望也失去了。

八月二十五日

我已很久什么也没干了。真正是穷极无聊，饱食终日，可我又不甘心，总想干点什么，也相信能干出点名堂，天生我材必有用，我一直这样想，可很久以来，我一直碌碌无为，人是多么容易堕落啊！

那只该死的虫子仍在不休止地叫着，好像从不知疲倦。分不清它到底是唧唧叫，还是瞿瞿叫，还是什么别的声音。它好像跟定了我，跟我较上了劲，声音越来越响，间隔的频率也越来越低。我的脑袋好像要爆炸开来。可我无处逃遁。我已想尽了种种隔音措施，可一切都无济于事。它似乎注定要搞垮我，这只可恶的虫子！

八月二十六日

受虫子噪音干扰的肯定不止我一个。我原以为别的邻居可能会和我一样因无法忍受而提出抗议，众心齐，泰山移，何况就一只虫子。可是没有，左右邻居对此似乎置若罔闻。我彻底绝望了。我开始把希望寄托在那个无聊男人身上，可他依旧看风景、养花、喂虫子，对我的痛苦和烦恼似乎一点也没有察觉。他明明知道这儿是我的书房，我每天都在这儿看书写诗，他为什么偏偏养一只吵人的蝈蝈儿？也许他自己从不看书写字，也不希望别人看书写字，多么可鄙的东方式嫉妒，真他妈的！

我曾想心平气和地找他谈谈，希望他能替我想想，或者把蝈蝈儿换个地方，如室内，可我始终没有去找他谈，因为这可能导致自取其辱，我知道和这种人是没有什么好谈的。

八月二十九日

我现在最大希望是去上班，甚至希望二十四小时在单位，这样我就可以暂时摆脱那只该死的虫子的纠缠和骚扰。所以每天我早早地去单位，有天比规定的上班时间整整早了两个小时。每天上下班，我都本能地瞄一眼那只悬挂在笼中的蝈蝈儿。它居然生活得好好的，一点也没有受损，照例欢快地歌唱，乐此不疲。有两个路过的家伙竟声称这声音很动听，我真想骂一声操他妈。

我把最后的希望寄托在出差上，只要离开这儿，我就再也不必担心虫子的噪音了。我得躲开它。可我雄心勃勃的计划还未出口，即遭到头儿一盆冷水。他对我的请求不屑一顾，甚至明知故问地说，你出去干什么？

头儿掐断了我的希望。我只好把唯一的希望寄托在冬季，希望冬天早一日到来。只要冬天来了，寒冷的气温将会冻死那只虫子的。可是冬天在哪儿呢？现在才八月，还有整整四个月的时间，天哪，我还得等多久？冬天的第一场大雪是不是真会冻死蝈蝈儿，我也不知道，我姑且这样奢望着。也许，那个无聊的男人会像看护花一样把蝈蝈儿迁回室内过冬，这是完全可能的，我就看到他曾专门为他的花生起了一只火炉。不过，我还是把最后一线希望押在了冬天的气温上，我别无选择。

八月三十日

蝈蝈儿又叫了。我不明白这么一个小小的虫子竟会有这么无穷的精力，它几乎从未休息过，这让我无法想象，也不可思议。

我现在已不敢待在屋里，如果不是因为吃饭睡觉，我真愿远远地逃开。有几次，我打定主意和那个无聊的男人谈谈，可我终究没有去，我怎么跟他谈，难道说我被他的蝈蝈儿弄得心神不安？这太可笑了，也可能会引来他的一顿嘲笑。他终日无所事事，或许巴不得和人吵一架。

我觉得自己完了，真的完了，什么也干不了，什么也不想干，自从有了这只蝈蝈儿。我对一切已万念俱灰，一切全因这该死的蝈蝈儿。

九月一日

转眼又是开学的日子，秋天到了。可我觉得这一天离我已十分遥远。最后一次上学，还是六年前的事了，大学生活已变得十分渺茫。九月一日，那对我曾是一个多么神圣的日子，多么美好的时光，如今往事如烟，不堪回首。

哎，九月一日！

那时我多年轻、多快活、多自信，无忧无虑，轻松得像一片羽毛，自由自在，如今恍如隔世。现在，我再也不能像那样无牵无挂。我和过去已判若两人。古人所谓三十而立，四十而不惑，三十岁时我尚一无所有，四十岁时，我能不惑吗？我不知道，有时连生之意义，我都感到茫然。我不知道别人怎么想，反正我似乎一天天变得衰老，爱回忆，爱感叹，就像一出戏没有高潮就进入了尾声。有时，我觉得自己真的老了，至少在心理上已经老了，人的衰老不仅要看生理，其实更重要的是看心理，一个心理衰老的人才是真正的衰老。人活着，究竟是为什么？我曾经十分了然，可现在却又盲目了，难道仅仅为了写几首歪诗？就算写了几首歪诗，又能怎样？有时，我真想弃绝诗书，归隐南山，当陶渊明第二，我能够吗？

九月二日

近来我终日沉湎在对过去的回忆中，回忆童年的岁月，回忆儿时的趣事，回忆纯洁的童真，有时，我真不希望自己长大，倒希望自己没有长大，至今仍跟在妈妈的身后，躲在妈妈的怀里。偶尔回乡时提起往事，妈妈似乎已记不清了，妈妈说，你已是一个有家室的人，一个大人，不该老想这些。她已不再像儿时挂念我，因为我已长大，像一只鸟儿已展翅飞翔。我感到失望，没想到连妈妈也不能理解我。没有人知道我内心的忧虑，也没有人想知道；我自己对自己诉说。我还能干什么？写诗吗？不，我对此已不感兴趣，见他的鬼吧，我真想做一个健忘的人。

九月四日

那可恶的虫子越叫越响了，妻子好像没有听到似的。她仍然忙忙碌碌地做她的活儿，洗衣、烫发、织毛衣、看时装画报等等，她总有干不完的活，且自得其乐，我真嫉妒她，有时简直恨她。“你难道没有听到蝈蝈的叫声？”我诧异地问。

“还好，你不要老想它就行了。”

“难道不想就不存在，这倒像我思故我在？”

“你呀，纯粹是没事找事。”

我真想借故和她大吵一架，可又忍住了，我不是不想干事，要知道我曾是一个高材生，在校时就有“拜伦”之称，只要假以时日，我相信我会成为一个诗人的。可现在，好像一切都在和我作对，头儿、邻居、甚至连一只虫子也跟我过不去。我自信从未做过见不得人的事，也没有损人利己，我不明白，这世界为什么不能让我轻松一点。

九月五日

这些天我一直在琢磨我的写作计划，原以为在而立之年出一本诗集，以此纪念我的三十岁生日，可如今而立之年已过，不惑之年也为时不远，我仍一无所成。我不知道不惑之年是否能有一本诗集，要么是诗集，要么是葬礼，二者必居其一。

那讨厌的虫子又叫了，我一听到就心烦意乱，头疼得要命。我想逃走，可无处可逃，这世界仿佛就没有净土，也没有宁日。那个花匠每天仍在向蝈蝈笼里塞菜叶，看来既不打算放走，也不可能饿死它。我再度试图说服他，请他把蝈蝈儿放了，或者高价卖给我，可我又打不定主意，我从内心里不愿和他交涉，我鄙视他，也不屑和他打交道，再说，如果我照实直说，他一定会把我当成傻瓜、可怜虫，明天，关于这事——一个诗人受不了一只虫子干扰的笑话将传遍全城，这正是期待已久的谈资。不，我不能成全他，我甚至觉得他是故意用一只虫子来折磨我，因为他什么也不干，也不希望别人干，不让别人活得轻松自由。人性有时是多么恶劣而残酷啊！

九月七日

秋天的脚步姗姗来了，早上起来已有森森的寒意，梧桐叶开始变得苍黄，仿佛人到中年。大雁也成群结队向南飞去。一年已过去大半，我原计划在秋天大干一场，秋天是收获的季节，可是我什么也干不了，想到生命的周期又缩短了一年，我就恨那个无聊的男人，那个可恶的蝈蝈儿，没有什么比这更令我痛恨的了。

我得想想办法，不然，我就真得完了。

九月十日

我知道，指望花匠发慈悲是不可能的。期待蝈蝈儿的自然死亡也不现实。

只有自己救自己，上帝才能救你。我想起一个朋友写在我毕业纪念册上的话。是的，我得自己想办法，这个世界上没有救世主，一切只能靠你自己，《国际歌》就这么唱的。

我无数次不怀好意地路过花匠的阳台下，我看到那暗褐色的蝈蝈儿的肥硕的身子——这是花匠精心饲养的结果。我真想把它摘下来，一脚踩死。可是阳台太高了，我够不到。据说有一种具有特异功能的人，能用意念摧毁东西，可以用目光杀人，我倒真希望自己有这种特异功能，这样我就可以轻而易举地杀死蝈蝈儿，可是我没

有，我只是个凡夫俗子。

我得开始行动了。

我曾想，如果在花匠喂蝈蝈儿的菜叶上洒上剧毒药物，就可以杀死蝈蝈儿，可我既没有药，也无法接近花匠。再说，万一洒错了，或让花匠一家误食，很可能把花匠一家毒死。虽然我对花匠的痛恨绝不在蝈蝈儿之下，有时也真想结果了他，但那样一来案子就闹大了，我一定脱不了干系，小不忍则乱大谋，我得谨慎行事，我只能对付蝈蝈儿，怎么杀死一只蝈蝈儿，甚至被发现了也无所谓，至多被认为神经不正常、不人道罢了，总不致坐牢。

洒药显然行不通，我又设想采用弹弓。小时候我就是优秀的弹弓手，射鸟百发百中。可是已过了二十多年了，现在拿起弹弓手就发抖，再说万一射不中只能打草惊蛇，引起花匠的警觉。而且一只蝈蝈儿太小了，没有拇指大，在十米的距离内要射中它几乎是天方夜谭。看来这也不是办法。

九月十一日

就在我苦思冥想谋杀蝈蝈儿的方案，不断观察现场时，我有了一个惊人发现。原来蝈蝈儿之所以不分昼夜地声嘶力竭地啼叫，是因为吃了辣椒的缘故。那天，我清清楚楚地看到花匠把一只翠绿的辣椒剪成碎片塞进蝈蝈笼里，原来他一直在喂蝈蝈儿辣椒。我特地请教了几个生物学教授，得到的解释令人震惊，原来这种小玩艺一旦吃了辛辣的大椒，则会终日放声歌唱，比普通蝈蝈儿啼叫的时间提高几倍甚至几十倍！原来如此！

现在，我终于明白了，原来是花匠一直在故意跟我捣乱，他才是真正的罪魁祸首。我想既然他有意为之，他决不会放弃蝈蝈儿，这一惊人发现加速了我谋杀蝈蝈儿的行动。不杀蝈蝈儿无以解我心头之恨。

九月十二日

这些日子，我一直在策划着谋杀蝈蝈儿的事。我知道已别无选择。我和蝈蝈儿已到了誓不两立的地步，不是它死，便是我亡。我绝不能让一只蝈蝈儿把我毁了，绝不能!

当然，杀死蝈蝈儿的最简单的办法是用石头砸死它，但这是不可能的，因为太小，也击不中。我也不能再等到冬天。因为谁知花匠会不会又把蝈蝈儿转移到一个安全的地方?

我思考了种种谋杀方案，但大多数立刻就被我否定了。比如扔手榴弹和纵火，这都不切实际。我必须找出一个切实可行的方案来。

我开始注意观察花匠一家的情况，虽然我连他下巴上有几根胡须都清楚，但我们毕竟从未说过一句话，连点头之交都没有。观察的结果发现，花匠是一个严格八小时上班制的国家工作人员，每天大部分时间都在阳台上养花喂虫子，拔胡子。几乎钟一样准确。花匠的妻子是个麻木的女人，大部分时间晚出早归，除了夜班外。而他们的胖女儿则是一个小学生，只有周末才放假。只有两个老太太偶尔来往，大约是双方母亲。这是花匠家的基本情况。当然，二楼不算高，可也不算矮，至少得有凳子，我已看好了，楼下每天都放了一排自行车，站在自行车上，完全可以爬上去。反正每晚放自行车的人很多，即便有一点响声，他们也不会疑心有人上了阳台。再

说，谁又能想到有人半夜上阳台，只是为了对付一只蝈蝈儿？所以我决定把时间选在夜晚十二点之后。

方案大致定了下来，我决定趁一个没有月亮的黑夜，站在自行车后座上，悄悄利用一根绳子的帮助攀上阳台（好在我在学校时是单杠和攀高的能手），然后轻而易举地捏死那只虫子！

万事俱备，只欠东风，我只等着那女人上班的时间。那时少一个人便少一份危险，而且我一向以为女人比男人更敏感更细心，男人对一点异响是不会大惊小怪的。

九月二十日

主意拿定了，我突然感到十分的平静，竟然能安心读书了，甚至还破天荒地写出了一首小诗，有时连蝈蝈儿的叫声也感到不那么厌烦了。连妻子对我近来的反常表现都感到诧异，我朝她笑笑。妻子以为我的毛病过去了，在她看来，诗人都有一种正常人没有的毛病。

反正，我已下定决心要杀死蝈蝈儿，现在我感到自己像个胜利者，我以一种胜利者的目光重新审视花匠和他的蝈蝈儿，突然有了种优越感，因为无论是花匠还是蝈蝈儿都没有想到一场谋杀即将开始。我甚至宽容地朝花匠笑笑。蝈蝈儿仍在一个劲地欢叫，一点也没有意识到危险的来临，它也不可能意识到。我甚至想当凶手也不是件难事，甚至有种杀戮的快感。真正的困难在于下决心去当杀手的时候，一旦下定决心，剩下的大约也就是水到渠成的机械运动了。我突然想，杀人也是如此吧。我很诧异，我怎么突然会冒出这样一个念头，而且我对此并不惊慌。

人是多么古怪啊！

主意打定，我的心境出奇的好，甚至有种解脱感，这大约就是所谓战前的宁静吧。这一刻我只想着杀死蝈蝈儿的事，别的什么都不想。

九月二十二日

这几天，我仔细研究了作案的地点、工具和时间，甚至连一切可能发生的事和细节都考虑到了，那样子简直像个职业杀手，连我自己对此都大吃一惊。

这一天终于到了。这是一个阴天，傍晚的时候天就暗了下来，空气显得沉闷而潮湿，我在屋里走来走去，忽然有一种忧虑袭上心头：万一杀不死蝈蝈儿或被人发现怎么办？这是极有可能的，我被这个突然冒出的念头弄得坐立不安，就如俗话说的像热锅上的蚂蚁。

“你是怎么啦，今天？”妻子问。

“哦，没什么。”

“那你为什么不坐着？”

“天太热了。”

“是太热了，也许安静一下就好了。”

其实，她哪里知道，我此刻心里仿佛一团火，怎能安静下来！

整整一个晚上，我把自己关在朝“花匠”的书房里，一支接一支地抽烟，一杯接一杯地喝水，不停地上厕所。

“你这是怎么啦？”妻子已是第三遍这样问。

我懒得搭理，也厌烦回答，只说：“没什么。”难道我能告诉

她：我要杀死一只蝈蝈儿？

时间仿佛停滞了。

蝈蝈儿越叫越欢。

对面楼上的灯光一盏接一盏地灭了，最后，花匠的灯光也灭了。在此之前，我看到那个小女人已像往常一样在十点钟准时去上班了，临走前还把装饭菜的饭盒弄得砰砰作响。这和我预想的一丝不差。见花匠的灯一灭，我的心一下子悬了起来，该动手了。

我长长地吁了一口气，细心地瞄了一眼我早已备好的工具：抓子、绳子和剪刀。为了压惊，我抽了最后一支烟，喝了最后一杯酒，然后换上黑色运动衫，整装待发。

蝈蝈儿又叫了，很响，很幽静。叫吧，使劲唱吧，这是你最后一次机会了，我想。

我拎起工具，悄悄地出了门，像一个真正的凶手鬼鬼祟祟地潜入了夜色。蝈蝈儿的叫声越来越响，我终于可以亲手杀死它了，我感到我的手在抖，但我已无退路……

我加快了步伐……

往　事

那天早晨，我刚刚跑到学校，就见到学校门前狭窄的广场上围了一群人，好像来了玩把戏似的，人声嘈杂。

这时，学校里的那段旧铁轨做的铃正在当当地响着。我看到学校门前围了一大堆人，预感到一定出了什么事，便也跟着往人群里挤。大家好像没了时间概念，一齐伸出脖子往里凑，虽然这节课是向以严厉著称的常老师的。

一个农村妇女正对着常老师声嘶力竭地嚷着什么，敞着怀，散乱着头发，嘴里白沫飞溅，由于铃声大作，谁也听不清她到底说些什么。她一边不停地嚷嚷，一边抓着常老师的一只胳膊激动地抖动着。

常老师一手抓着课本，一手握着一支竹根制作的教鞭，和往常一样依旧穿一件灰色的长袖衬衫，袖子卷得高高的，在耳朵上夹了一支长长的粉笔，好像一支烟，其实常老师向来不抽烟。常老师一

边认真地听着，近视眼镜里露出愤懑的神情，脸上的肌肉都绷了起来。看来一定发生了什么严重的事。

在常老师身边，白美丽正扶着一株梧桐树在哭，身上依旧穿着那件白得耀眼的白府绸衬衫，那是学校文艺宣传队的队服，在学校一共也只有十几个男女学生才有，让人羡慕得要死。那时还没有的确良，的确良要到高中的时候才流行，不过就是这样也看得人十分眼馋。白美丽倚在树干上，细长的身姿微曲着，两只长长的辫子直拖到腰际，唯一不同的是，背上有一大块醒目的墨迹，已经干涸了，像一块不规则的地图。随着白美丽肩膀的耸动，那块地图也一动一动地变形，就像一双蝴蝶的翅膀。大家的目光一齐盯着她背上的地图，仿佛明白了什么。下面不断有人窃窃私语，原来昨晚在公社大院看电影时，有人在白美丽的背上倒了墨水。这样的事在我们学校还是破天荒的头一回。大伙既有些愕然，又有些兴奋。

铃声敲完了最后一响，一切便静了下来。

“还在看什么，还不去上课！”常老师突然把手一挥，目光从镜片后面像剑一样刺过来，大家慌慌张张地钻进教室，座位上立刻发出一片桌椅的碰撞声和吆喝声。

白美丽捂着脸进来了，在她的座位上一声不响地坐下，然后把脸埋在胳膊肘里。

常老师阴沉着脸，默默地站在讲台上，连空气也变得阴沉沉的。

“起立！”我大叫一声，我是班长。

大家一起呼呼啦啦地站起来，教室里又是一阵碰响。在全校，也只有我们班喊起立，这是常老师到这里以后的改革。我们也只有在常老师上课时才喊起立。常老师是我们的语文老师兼班主任。

常老师用冷冷的目光扫了一下全场，往常，他会严肃而简洁地道一声“坐下！”可今天只用一只手往下按了按。待我们坐下后，常老师从讲台下面拿出一份花名册，用低沉的声音点起名来：杨大宝、李四好、夏桂香、杨水英……

每喊一声，下面的学生便站起来恭恭敬敬地应声“到！”

“徐海金！”

“徐海金！”

……

常老师抬起头，我迎着他的目光说没有来。

“人呢？”

“不知道。”

大家一齐把目光投向海金的座位，座位是空的，旁边只有白美丽。

“徐海金来了，叫他到我的办公室来一下。”说着，常老师又把目光转向大家，好像自言自语地说：“小小年纪，一个个的不学好，这回子，我先饶了你们，下回哪个再敢调皮捣蛋，我要把他耳朵拧下来，看看他有没有耳性！”说话的时候，因为过于激动，常老师的手在不停地抽搐，大家明白常老师这回是真的发火了。常老师与别的老师不同，别的老师对犯错误的学生的惩罚往往是罚站，罚擦黑板，扫地，或者用米尺打手心，而常老师则发明了拧耳朵，这似乎是他的专利，他从不采取其他方法，虽然大部分时候只是象征性的，但被老师拧耳朵，毕竟是一种耻辱，所以谁都害怕常老师的惩罚，在常老师上课时，即便最调皮的学生也都规规矩矩的。

常老师用目光扫视了一下教室，班上鸦雀无声。

“现在，开始上课——”

那一天，海金没有来。

下课时候，白美丽去了常老师的办公室。所谓的办公室，实际上就是他的卧室，那时学校的宿舍少，教师的卧室通常又兼作办公室。

常老师一走，我们便叽叽喳喳地议论起来。不少人一口咬定是海金干的，因为海金对班上那些趾高气扬的宣传队员一向嗤之以鼻，他们一天到晚穿着白衬衫、白球鞋、蓝裤子，自觉高人一等，在学校里招摇过市，对这些人，海金向来看不顺眼，对白美丽尤其如此。这些人的理由是，要不是海金干的，他不会不来，一定是作贼心虚。另一些人则坚持说，海金决不会干这事，海金顶恨白美丽，当初叫他和白美丽坐一个桌子，他死活都不干，他不屑干这种事。一时议论纷纷，莫衷一是。不论是谁干的，男生心里都暗暗有些幸灾乐祸。同时大伙又暗暗地为海金捏了一把汗，虽然没有证据说明是海金干的，但大家都知道常老师一定不会轻易放过这件事。

常老师是半年前突然来到我们学校的。常老师给人印象最深的是一蓬厚厚的鸡窝发和一副黑色宽边的大眼镜，尤其那一头长发在我们这个乡村中学真可谓是奇迹。我们乡村中学从学生到教师一律都是短发，小平头、马盖头，有的干脆剃和尚头，所以常老师一出现时，大伙像看猴似的看着他，常教师也只是微微笑着并没有感到不自在。那时学校里曾流传着一个笑话，说常老师从前面看是个男的，从后面看像个女的，也还真闹出几次被误认为女教师的笑话。据说，有次学校领导建议他理短发，入乡随俗，常教师只一笑置之，依然故我。常老师的到来曾引起一阵不小的骚动，听说他是从城里来的大学教师，大伙便觉得情有可原。对我们不了解和不懂的一切都是可以原谅的。关于他的身份和来历，也曾有多种传说，一说是广州的，一说是上海的，直到我们中学毕业还是个谜。后来，我考上了大学，才知道像常老师这样的人，在那个年代比比皆是，全是时代的产物。常老师是在我上大学后被落实政策回城的，关于他后来的事和他先前的事一样，我并不清楚，道理很简单，他落实政策时，我早已离开那所中学，到外省读大学去了。不过，这是后话。

常老师与众不同的地方，很快就体现出来了。首先上课时要班长喊起立，此外还有一大堆礼貌用语，和现在公共场所流行的文明礼貌用语几乎异曲同工。比如，见到老师要喊老师好，和老师分手时要喊再见等等。一开始，大家慑于常老师的威仪，还疙疙瘩瘩地用生涩的语言喊几句，推行了一两周后，无奈乡村学生懒散惯了，惰性太大，总感到别别扭扭，像见不得人似的，再加上别的班上同学讥笑我们是江北驴子学马叫，这样一来，也就渐渐散漫了。只有上课起立这一项坚持了下来，但也只是常老师上课时的专利。

另一项重大改革，是消除男女生界限，实行男女同座。这事现在想起来很有些天方夜谭似的可笑，不过当初却带有几分超前意识。那时我们正是十四五岁的少年男女，身体发育正处在青春萌动期，学校的学生自然而然地分成男女两派，现在想来其中不免带点男尊女卑的痕迹。男女生同学几年，绝少讲话，像楚河汉界一样泾渭分明，谁也不越雷池一步。就连同一个村子里的男女学生走在一起，也是一前一后拉开距离，像仇人似的，视若无睹。任何人的名字和女学生联在一起，都觉得是奇耻大辱，要是和女同学谈了话，更是遭到众多的耻笑。我们都以不与女同学讲话为荣，直到中学毕业，从未与女生讲过话的大有人在，这是后来的学生无法想象的。

事情的起因现在想起来很有些荒诞不经。有次，学校宣传队要彩排，到各大队巡回演出，恰好那天白美丽没有来，常老师要海金通知白美丽到学校参加彩排。海金和白美丽是一个村的，大伙都拿眼睛瞅海金，眼睛里充满了嘲弄的意味。大家一齐起哄：“哟，海金……”“乖乖，海金……”一片啧啧声，那意思是再明白不过的，海金脸臊得白里透红，仍故作嘴狠：“怎么，老子就不去！”

“海金，老常叫你去，你敢不去？”

“老常叫我去又怎么样，”海金一脸的不屑，“老子偏不去。”

“打赌？”

“打赌！”海金伸出了手，“哪个去的是孙子！”

“叭”，两个巴掌合在了一起。

海金真的没有通知白美丽。结果是可想而知的，彩排未排成，误了演出时间，海金很挨了老常一顿训。

第二天，老常就宣布开始整顿，实行男女同座，破除封建思想。常老师点名要海金和白美丽坐一个位子。其他女生也同样被拆开和男生坐在一起，我当然也未能幸免。那些被点到名的学生都自觉倒霉透顶，一个个哭丧着脸，像赴刑场一样一百个不情愿，而那些未被点到名的学生则在一旁欣喜万分。

实行同座的那一天，常老师要海金到白美丽的座位上去，白美丽的同座女生已被调开了。两个人像被判了刑似的，白美丽低着头龟缩在墙角，而海金死活不吱声，头低得能缩进桌子裆。老常发火了，眼珠子都红了，放下手中的粉笔来拖海金，海金一把抱住桌子腿，高低不松手，老常用力一拉，桌子被拖出一米多远，发出一阵刺耳的搔刮声。海金的脸憋得通红，常老师也气喘吁吁，后来，常老师硬扯着海金的耳朵把海金拖到了白美丽的座位上。海金的脸因为羞辱和愤怒红得像对联纸。

常老师狠狠地将海金按在白美丽的座位上。“小小的年纪，就有这么多旧脑筋，看你们哪个敢不动！”常老师吼了一声，其他几个正在观望的学生只好乖乖地各就各位。从那之后，大家才知道，老常实在是个厉害角色。

海金和白美丽则一东一西地坐在课桌的两头，好像怕染上传染病似的，直到离开学校为止，这种三八线始终没有打破。

大家私下里常拿海金开玩笑，一起喊：“徐海金，白美丽！”“白美丽，徐海金！”好像给两个人当啦啦队，臊得海金满脸通红，白美丽一进教室则总是低着头，像一头羞怯的小白羊。海金虽嘴不松，却也很灰过一阵子。

海金是那种乡下老油条，生着一副城里人的小白脸，薄嘴唇，那双滴溜溜乱转的眼睛给人一种不安分守己的印象。出名的嘴臭，说话毛毛搭搭，一开口就是“妈的 ×”，尽力装出一副吊儿郎当的样子。既一个劲地捉弄别人，又是别人捉弄的对象。大家都说海金奸得很。

“海金，把白美丽给你做老婆怎么样？”大家笑。

“我要她？”海金一副不屑的样子，并叭的朝地上啐了一口痰。

说起来，白美丽倒真称得上是校花，娉娉婷婷的身姿，细细高高的，像扶风杨柳，常常穿一件棕色的灯芯绒外罩，白净的瓜子脸，杏仁一样水汪汪的一对丹凤眼，一闪一闪的，好像有无数疑问。长长的刘海，一对细长的辫子拖到腰际，细长的发梢上扎着两根红绫子，走起路来一摆一摆的，像栖了两只红蜻蜓。说话轻声软语，怕吓了谁似的，现在想想，倒有几分像琼瑶笔下的女主人公。

大家说海金这回得了便宜还卖乖，其实巴不得和白美丽坐在一起。海金一个劲地发誓说 × 他妈的喜欢和她坐一起，甚至以父母

的名义发誓说，哪个对她有意思，他妈的不是人养的，说着又信口骂了一声“妈的 ×”。被逼急了，便没遮拦地说：“哪个要她，就 × 他妈！”

玩笑开多了，海金便习以为常，后来他自己也拿白美丽开玩笑，当然是背着女生的面，尽说她的坏话，说她怎么怎么不好，有次甚至鬼鬼祟祟地说他看到白美丽从裤子里掏出一团血乎乎的纸。并厌恶地吐了一口痰。大家一时议论纷纷，那时我们还不知道那是何物，以为白美丽出了什么毛病，要不就是海金胡诌，等到许多年之后，才知道此所谓的血纸是怎么回事。

对于白美丽衬衫被污一事，大家嘴上不肯承认是海金干的，尤其当着女生和老常的面，但在心里都认定是海金。只有他有这个胆子，也有这个条件。大伙私下里都认为海金此举很了不起，很有些欢欣鼓舞，想到了一个女生，一个全校最漂亮、最得老师宠爱的女生被人作践了一下子，大家心里都有种幸灾乐祸的快感。在大伙心目中，海金似乎成了英雄。

第二天，海金还是那样摇摇晃晃、骂骂咧咧地来了，把两本卷了角的书夹在腋下，一副嬉皮笑脸的样子。大家一齐看他，他仍不露声色，甚至若无其事地笑着。

“海金，你还快活，老常要你去。”有人吓唬他。被老常找去的人，向来凶多吉少。

“老常要我去干吗？”

“干吗？你知道。”

“我不就一天没来，我妈生病了，老子又没犯法。”

“到了老常那里，你就知道了，白美丽的衬衫给人倒了墨水。”

“她衣服染了墨水关老子屁事？什么事都推到老子头上，老子是癞痢头？好惹的？”海金一副受委屈的样子。

“反正老常要你去一趟。”

“去就去，妈的 ×，老子好赖的，什么事都找老子……”海金愤愤然，好像被人诬陷了。磨蹭了一阵子，海金还是骂骂咧咧地去了老常的办公室。大家为海金捏了一把汗。

海金回来的时候，一句话也没说，两只手插在裤子口袋里，嘴里满不在乎地吹着泡泡糖一样的泡泡。

大家拿眼睛瞅他。

“喂，你们一齐看着我干吗？老子又没犯法！”海金大吼一声。

大家便不再开玩笑。海金像失了魂似的呆坐在那里，整天阴沉着脸，一反以往那种嬉笑怒骂的风格。对于老常找他去的内容只字不提，老常也没有再提起过，所以这事一直是个谜。

衬衫风波很快就被人遗忘了。

第二年秋天，我们进入了初三上学期。

海金和白美丽仍隔着楚河汉界相安无事，不过当初的长凳子，换成了两只小方凳，课桌中间甚至用小刀刻了一条堑壕似的防线。衬衫风波过去很久，提起白美丽，海金仍一副恨犹未尽的样子。

开学后不久，我们便参加了一次校内劳动。那时校内校外劳动十分频繁，学校搞开门办学，参加劳动的劲头比读书的劲头还大。学工、学农、学军，还要批判资产阶级，样样都干。那天我们的任务是把学校边上的一块坟场平整为山芋地，老常在布置任务时说，与其说是为了种山芋，倒不如说是为了改造我们的世界观。对大大小小的劳动，我们已习以为常，甚至觉得很好玩，也乐得把书本丢得远远的，省得参加考试，除了从家里带粪被家长训斥外，别的我们都不怕。

那天下午，我们正在平整一座无人问津的孤坟，海金照例耍小聪明，别人挑土挖土，他却拖着一把铁锹东晃晃，西望望，并不时插科打诨，讲几则黄色幽默，逗得大伙开怀大笑。和往常一样，劳动时，男女生各自为政，泾渭分明，显然老常的改革并没有带来实质性的变化，除了上课男女同座之外。女生一个个穿着薄薄的衬衫，暗暗地和男生较劲。

海金一边向女孩子那边指指戳戳，一边拿话糟蹋女学生，逗大伙开心，他攻击的目标仍是白美丽，大伙被他不时地逗得哈哈大笑，他自己反倒一脸正经。那边的女生知道男生在作践他们，也嘴不饶人地向着这边叽叽喳喳地议论。用意不言而喻，海金便瞅准机会丢几个泥丸子过去，惹得那边一阵破口大骂，而这边的男生则哄堂大笑，对方也不示弱，便骂出极难听的话来，也有泼辣点的便撒过来一把泥土，大家忙作鸟兽散。海金这时来劲了，一边受委屈似的谩骂，一边匆匆应战，打一枪换一个地方，嘴里露出快活的喜色。

一时泥土满天。

有人突然喝道："海金，老常来了！"

海金握着泥土的手赶紧放下来，惶惶地拿起锹，装模作样地挖起来，等大家一齐笑出声，海金才知道上当受骗，又去追打那个男生，嘴里且不干不净地骂着。

一会儿，有人又喊："海金，你看那边是谁来了？"

来人竟是白美丽，穿了件粉红色的汗衫，轻飘飘地往厕所那边走，侧着脸，眼盯着脚下，一副不胜娇羞的模样，大家的眼睛像生了根。

"喊我干吗？"

海金瞟了一眼，朝那个男生扔过去一把泥土。

“你老婆呀！”

“嫁给我还不要哩！”海金故作不屑地说。

不一会，海金也不见了，谁也不知他的去向。

我们刚干了一番话，忽然听到厕所那边传来一声怒吼，老常拧着海金的一只耳朵，像老鹰抓小鸡似的将海金提了出来，海金疼得龇牙咧嘴，一只脚踮着，嗷嗷地直叫。老常脸红得像猪肝，并没有松手的意思。

“你这种东西，亏你顶了张人皮，丑字和五字都分不清，你让猪活了，你给我滚！”老常松开手，“叭”地给了他一记耳光。这是老常唯一一次打人，以往他最厉害的惩罚也只是拧耳朵。

海金抱着头哭走了，老常站在那里半天没有动，也没有说出话来。

我们一时愣住了，不知道发生了什么。

过了几分钟，白美丽从厕所里哭着跑出来，捂着脸直奔教室。大家仿佛才若有所悟。我们都在心里猜测，但谁也没有说出声来，当时的气势使谁都不敢放出声。

奇怪的是，老常第二天上课时对此事只字未提，好像什么事也没有发生。那几天，白美丽没有来。

不久，海金拿了一张肄业证书，便提前回家了。

“海金来玩！”临走时，男生几乎异口同声地发出邀请，海金只是笑笑，笑得脸泛白，这回再没有骂人，也没有说什么俏皮话。海金走了，大家觉得少了不少欢乐。

考高中前夕，白美丽突然宣布不考了，只拿了一张毕业证书。大家都为她惋惜。老常说，以白美丽的条件，她将来完全可以考上大学艺术系，她是块搞艺术的料子，人生得好看，舞跳得好，歌也唱得动人。

大家只是叹惜。

第二年，我考进了高中，高考也在这一年恢复了。两年后，我考上了大学，便离开了家乡，到外省去求学。有一年夏天，我回家度暑假，听说海金被捕了，是在一次严打中被拉大网拉走的，我很有些愕然。其实海金这人除了有点油嘴滑舌，玩世不恭，爱在嘴上占小便宜外，人并不坏，有时甚至很有些古道热肠。我不知他为何落到这步田地，同学迟疑了一下才说，他犯了流氓罪，对方恰恰就是白美丽！

我当时感到大出意外，现在想想，又在意中。

我说白美丽呢？同学说曾见过她在街上做小生意，还是那么漂亮，不过话已不多，也不再爱出风头，仍是一副弱不禁风的样子。后来听说她嫁给了一个二婚头，那男人大她十多岁，且有二男一女，据说是跑运输的，她已做了老板娘，大家都认为她那样一朵校花竟落得这样一个结局，实在有点像一支花插在牛粪上，颇有些不值。同情中夹着感慨。以后再没有听到她的消息，听说她过得很殷实，整天开一辆转手来的旧中巴在路上拉客，来往于县城与省会之间，不过我一次也没有碰到，即便碰到，我想也不一定能认得出来了。

蛇

十月里，地上一片金黄，该成熟的都成熟了，给人一种充实的感觉。

黑头和英子在山道上一前一后地走着，每人都足穿长统胶靴，带长臂塑胶手套，手拿一只蛇皮口袋，一根长竹竿。黑头在前面走着，虽然是上午，黝黑的脸上仍挂着汗珠。两眼深沉而呆滞，一副心事重重的样子。虽然如此，仍没有忘记不时地用竹竿敲打一下路边的草丛。草地里散发出一种秋的气息。

“哥，你还在想那天的事？”英子问。

“哦……不。”他支吾了一下。

其实，他正想着那天的事，那天介绍人把一男一女带到家里，说对方愿意换亲，如果事情成了，双方都可以省掉不少花费。黑头很不耐烦介绍人，要不是碍着母亲面子，他早就把她轰了出去。他觉得这样很像在镇上做生意，用一对鹅换另一对鹅似的。对方女的

大约二十上下，倒也生得端庄贤惠的样子，男的却是个灯泡，只在后脑勺上胡乱地长了几根乱发。最让他可恶的是灯泡一进屋便猫一样盯着妹妹的胸脯，一副饥不择食的样子，他真想给他一记耳光。即使一辈子不讨亲，也不想把妹妹嫁给这条色狼。他知道母亲是满意这门亲事的，为了张家香火，也只有这样了。眼下这么困难，讨个媳妇如同登天，母亲也是别无选择。妹妹才十七岁，像一朵花才绽开花蕊。他知道妹妹并不喜欢眼前这个男人，但为了母亲，为了他，她什么都认了，实际上，妹妹早就打定主意作这个家庭的牺牲品了。从他来说，他喜欢那个不说话的女子，甚至一见面就喜欢上了，可他却不愿为此葬送妹妹的青春，所以他当时并没同意这门亲事，他不想害妹妹一辈子，为了妹妹，他宁可打一辈子光棍。父亲去世时叮嘱他，一定要照顾好妹妹，他不能为自己毁了妹妹的一生，不，不能。

本来，他已打定主意做一辈子光棍，给老母养老送终，给妹妹找个好人家，这样他也算对得起死去的父亲了。好在打光棍的并不止他一个。现在娶亲更难了，三间瓦房不说，还得要七八千块，而且还要讲身高、长相、家境，世道是一天天难了。与其这样，不如独身算了，也省得母亲烦心。可他不能说服母亲，如果他不结婚，母亲将来死都不会瞑目，妹妹也就一辈子不肯嫁人。现在，像他这样三十多岁的男人，想要讨个老婆，除非拿钱，可到哪儿弄钱呢？前一年，他在村上忽然听说来了收蛇人，三块钱一斤，他忽然感到了一线希望。他从小就喜欢弄蛇，抓蛇是他的拿手好戏。于是，他把希望押到蛇身上，果然一年下来，光捉蛇就卖了两千块，最好的时候，一天能挣二十多块。开始的时候，他是一个人捉的，后来妹妹一定要来，他也就默认了。从内心里他实在不愿意妹妹来，蛇毕竟是蛇，说不定哪一天……他不敢想。现在他每晚都梦到蛇，梦到蛇在缠他，咬他，追赶他，太可怕了。有次，村里人跟他开玩笑，说他抓了这么多的蛇，即便他死了，蛇也不会放过他，过后他老想着这句话。现在准备的钱差不多了，再干一次，他说什么也不干了。虽然他不是迷信的人，可终年跟各种各样的蛇打交道，他脑子里时常出现花花绿绿五颜六色的蛇，这使他常常产生一种无形的恐惧。

“哥，明天，不要再干了，万一……”妹妹忧心忡忡。

“嗯，没事的。”

“上次，你差点把命都丢了。”

“我会小心的。”黑头仍不回头，“你害怕吗？”

“不，不怕。”

“英子，我看你还是回去吧，这几天你一直闹肚子，脸上都没有血色。今天还要走很远的路哩。”

“没事，我习惯了。”

“你还是回去吧，看你走路都走不稳。我这几天眼皮都在跳，你来了，我心里不踏实。”

“没事的，哥，没事的，反正今天是最后一次了。你真不放心，我跟在你后面陪着你，不然你一个人在山里太寂寞了。”

“好吧，那你今天千万别动手。”黑头再次叮嘱道。

连黑头自己都不明白他为什么选这一天作为他抓蛇的最后一天，其实这一天与他结婚成家并没有多大关系，可他还是来了。难道是为了使他的捕蛇生涯结束得辉煌一些？不然，为什么他要选择蛇头岭作为他的结束点。

他很久就想到蛇头岭去了，很早就听人说那里是有名的蛇山、蛇窝，甚至有人见到巨蟒在山下水库里饮水。前些日子偶然经过时，他竟真的发现了一对在草丛中嬉戏的黑蟒，有茶杯粗。足有二三十斤。一条就可以卖五六十元。他眼前好像又出现了那一对黑蟒，在秋阳下懒懒的晒着太阳。可惜他那天赤手空拳，眼睁睁地看着两条巨蟒从他眼皮底下溜走了。他还从没有逮住过那么大的蛇哩，这一直让他感到是种耻辱。听说这种巨蟒，公园里可以出很高的价码，当然，不光是钱了，那也是一种荣耀。

两人边走边捉，一路上便捉了二三十条，如今对他来说，抓蛇与抓黄鳝已没有两样，他几乎从未让一条蛇从他手底下逃走过。多年的捕蛇经验已使他成了一个专家，他对蛇的熟悉甚至超过了人。哪里有没有蛇，他几乎一眼可以看穿。

就在他捉一条竹叶青时，妹妹采了一串野山楂，他正感到有些渴，咬了一口，酸酸甜甜的，可口极了。

“英子，你怎么样，能行吗？”他倚在一株松树下坐下来。

“嗯，还好。”英子在草地上坐下，脸有些微红，喘着气说：“哥，还远吗？”

“快了，翻过两个山头就到了。英子，我看你还是先回去吧，你脸色看起来不好，其实我一个人去就成了。”他总感到好像有什么危险蛇一样在悄悄地盯着他。自从他决定这次蛇头岭之行，他就有了这种感觉。这也是他一再力阻英子此行的原因，这种奇怪的念头竟挥之不去。

“我陪你去吧，反正不远了。”英子坚持道，她有点不明白哥哥在洗手前干吗非要去一趟蛇头岭，村里别的捕蛇人都以为那是个不吉利的地方，所以寻常人不敢问津。正因为这样，她决定陪哥哥一道去，她理解哥哥劝阻她的用心，可这样一来，她反倒更不放心哥哥一个人前往了。好在过了今天，一切就过去了，以后再也不这样冒险了。

“英子，听我说，到了那里，你千万别动，说什么也别动手，听到了没有？”黑头眼前老是闪现那两条蟒蛇的影子，但愿不要出什么乱子才好。他又特别盯了妹妹一眼。

“好吧，我不动手。”英子不明白和蛇打了多年交道的哥哥这会子怎么又胆怯起来，不过她还是答应了。

黑头默默地嚼着野山楂，一脸的心思。

“哥，你怕吗？”英子不明白哥哥今天怎么这么反常。

“哦，不。”黑头咕哝了一句，他想，这是最后一次了。过了今天，他再也不必过这种噩梦般的日子。整整三年了，他捉的是蛇，想的是蛇，卖的是蛇，吃的用的也全是蛇。近来他常常梦见大大小小颜色各异的蛇，梦见自己掉进了一个蛇窝，大大小小，五颜六色的蛇一齐张着血红的口，扭动着丑陋可怕的身子咬他、缠他，他想逃，逃不脱，急得他大喊大叫，可却张不开口，一惊之下，从梦中醒来，一头的冷汗。自从做了那个噩梦，他便有了洗手不干的念头，反正他讨媳妇的钱也差不多了。即便讨不到老婆，他也不干了。他感到满手满身都是蛇腥味，再洗也洗不掉。这次蛇头岭之行，还有一个隐秘的想法，这个想法只有他一个人清楚。那次他在镇上见到了每年都来玩蛇的江湖艺人，那个玩蛇老者的女儿，他就暗暗定下了走蛇头岭的决心。他要为耍蛇人的女儿捉两条大蟒，专门献给她。这一次，他不要钱。也许因为都与蛇打交道的关系，他和她几乎一见如故，像熟了很久似的。之后每年耍蛇人来到镇上表演时，他都放下手里活赶去看她。不过每次见面谈的几乎都是蛇，如果这次能抓到两条大蟒送给她，也许可以谈一点别的了，比如……想到这里，他的脸红了起来。他已经答应母亲和妹妹，这是最后一次捕蛇，如果失去机会，也许他就再也见不到耍蛇的女孩了。因为耍蛇女孩也说过，可能再玩一两次，以后便再不来玩了，家乡那边条件也好了，不必再卖艺为生了。所以无论如何，他得抓住那两条黑蟒，这是最后的机会了。

蛇头岭到了，他好像闻到了一股蛇腥味，对于捕蛇老手，对各种蛇的习惯他已了如指掌。当他第一次路经这里时，他就敏感到这是巨蟒出没的地方。经验和直觉是不会欺骗他的。

“英子，上次我就在这附近见到那一对黑蟒的，你当心点，千万别惹它们，那可不是一般的蛇。”

“哥，我晓得。”

“我好像闻到它们的气味了。”黑头肯定地说：“也许它们正在晒太阳哩。”

英子边看边用竹竿敲打两边齐腰深的草丛，想把蛇赶出来。“蛇真在这儿吗？”

“错不了，它们不会走远的，这儿有它们的窝。”黑头自信地说。

“哥，天太晚了，不如明天再说吧，也许明天就能碰到。”

“再找一会吧，跑不了的。”

“要不，我们分头找。”

“也好，不过你要当心，要是你发现了，叫我一声，千万别动手。别忘了吹哨子。”

“嗯，我到那边去看看。”

他冲着妹妹的背影叫了一声，让她小心些，英子似乎没有听见，他看了眼四周，连鸟儿都没有，他感到纳闷。

天上起了云，就像要落雨，这增加了他几分担忧。但他仍然向山岭上爬去。蛇在袋子里嘶嘶地游着，令人毛骨悚然。不知怎么的，他忽然希望那两条黑蟒游走了，他自己也不清楚为什么会有这种古怪的念头。

他在一块硕大的山崖上找到了一只巨大的蛇蜕，足有两丈多长，小碗口粗，他几乎一眼就认出那是夏天发现的那条雄蟒的蜕。他知道离黑蟒的栖身之地已不远了。他决定慢慢搜寻。忽然，他听到一阵轻微的嘶响，凭直觉他知道是条蛇，不会太小，不然不会有这样的响声，他见到前边不远处草丛微微抖动，只用竹竿一分，便见到一条不大的黑蟒，显然还是条幼蟒，不知是不是老黑蟒孵的崽。他丝毫也没犹豫，竹竿一点点在蛇的七寸上，只见幼蟒一阵抽搐，他从后边麻利地拎住蛇尾，只一悠便放进了袋子中。下边就是水库，他喘了口气，这才发现妹妹离开已有一段时间了。不知妹妹怎样了，他赶忙爬起来向山岭那边走去。山谷里已笼罩着一层暮霭，树叶响了起来，就要下雨了。看来今天是抓不住黑蟒了，他想。

“英子，英子”，他发狂地喊，可山谷里没有英子的影子。他不久就发现一条刚刚踩出的小径，从倒伏的草丛可以看出一定是英子走过的。他沿着英子的足印追寻过去，英子的脚印在一块平地上不见了。越过平地，他看到了一个黑乎乎的影子，他走了过去，是英子，英子身上缠着一条巨大的黑蟒，乌黑发亮，英子的双手死死地卡住了蟒蛇的脖子，而黑蟒的身子则像常春藤一样缠住了英子的脖子，腰和双手双腿。英子几乎被五花大绑。

“英子，英子！”他死劲地敲打蟒身，他发现黑蟒也已死了，吐着长长的信子，眼睛凸出，像两枚黑珍珠。英子的嘴边吐着白

沫，脸上没有一丝痛苦，反而平静如水。

“英子，英子。”他死劲地扯开蟒蛇，抱起妹妹柔软的还散着热气的身体。“妹，妹，你睁睁眼呀，是哥对不起你。”

“哥……”英子慢慢地睁开眼，“哥，我捉住蛇了，我们回家吧。”

“好，好，我们回家。”

“哥，答应我，今后再也不捕蛇了。”

“妹，我答应你。”

他像发了疯似地用石块将蛇头砸得粉碎，然后掀起袋子，将半袋蛇一股脑地倒在地上，蛇跑了一地，四处逃命。

“妹，我们回家，我再也不抓蛇了。”

下雨了。淅淅沥沥。

黑头背着英子一步一步走下了蛇头岭。

等待车队

他们已经在这条公路上等了两天，今天已是第三天了。

这时候，太阳已经升起来了，平原上的雾渐渐散尽，呈现在眼前的是一片无垠的绿色，空旷而寂寥。将近晌午的时候，太阳变得热烈起来，白花花的太阳像一面明晃晃的镜子高悬在空中，刺得人眼花缭乱，地上到处反射出刺目的白光。虽说是五月的天气，却已像是六月了。空气中流动着一种让人不安的气息，沉闷而无聊。马路两旁的柳树下歪歪斜斜地伏着两支队伍，或倚、或躺、或卧、或坐，像一支疲惫的军旅，纸制红色三角旗也撤了一地，真是溃不成军的样子。

二牛摸着汗津津的青光发亮的脑壳，长长地打了个哈欠。土豆似的光脑壳已晒得流油，给人一种酥痒的感觉。他用三角旗捣了捣倚在树干上发呆的同伴：“常生，都两天了，怎么车队还不来，头都晒昏了。”

“哪个晓得？×他妈的，害人！”常生向沟里啐了一口痰，用手抓着脸壳，一副厌烦的样子。

前两天，班主任告诉他们，上面要来个检查团，要求学校去路边欢迎一下。这是个政治任务，必须执行，别的什么也没讲。在此之前，班上刚刚学了一个星期的医，在山里头当了四五天李时珍。学医是班主任在学工学农学军之外的一个创造，为此班主任很自豪过一阵子。现在想想，常生倒觉得还是在山里挖草药来劲，碰巧还可以挖到山萝卜和野百合，或者别的什么可以吃的东西。山上可吃的东西实在太多了。这会儿常生还在回味野百合的滋味，有些像山芋，但又不完全像，他的齿间忽然有一种清香，涎水也流了下来，他不自觉地用手背抹了一下。

树上的一只知了忽然叫了起来。常生看到知了正伏在两根树枝之间，薄薄的翅膀微微抖动着，像影子似的发着光。要是有个蛛网，就能捉住它，常生想。一会儿，知了停止了鸣叫，开始一点一点地往下退。要是它再往下退一点，我就可以抓住它。常生眼睛一寸不离地盯着知了。本来他完全可以爬树，比这更高更难爬的树，他都爬过。可他知道，只要他一爬树，知了就会飞走。知了比鬼还精。要是有只蛛网就好了，只要轻轻一按，知了就会在蛛网上扑噜扑噜地挣扎，但越挣只会缠得越紧。昨天他就看到这只知了了，他希望知了能退到他手能够得着的地方，可是知了忽然在一个树枝旁停了下来，再不往下爬，那曲曲折折的褐黑色的细腿钩子一样缠住了树身，挑衅似地动也不动。

“常生，你在看什么？”

“知了。”

“知了？在哪？”

“喏。”常生指了指。

“我来抓它。”二牛说。

“抓不住的，没等你接近它，它就飞了。”

“我不信。”

说着，二牛便向手心吐口唾沫，搓了搓，吸口气，轻手轻脚地往上爬，像一只猫。

很快，离知了只有一臂之遥了。

常生提心吊胆地看着二牛的一举一动。

二牛小心翼翼地腾出右手，一点一点地向知了伸去，企图一举得手。忽然知了“唧”的一声飞了出去，雾般地撒了二牛一脸的尿水。

二牛骂了句脏话，恼怒地用手在脸上擦了擦，身子一挫，滑了下来。

常生禁不住哈哈大笑起来。

二牛坐在地上骂骂咧咧地好一阵子。

“我们编个柳条帽吧。”过了一会儿，二牛建议说。

为了打发时光，两人动手编起来。很快两顶绿色的伪装帽便编成了。两人把伪装帽兴致勃勃地戴在头上。二牛这主意还是从《小兵张嘎》上学来的，他很为之得意了一阵子。

不一会儿，大伙都模仿起来，除女生外，男生差不多每人一顶，马路两侧仿佛真的埋伏着一支队伍了。

“刘老师来了。”常生忽然像发现了敌情，慌慌地把帽子扔到水沟里。

二牛忙去摘帽子，但已来不及了，只好怔怔地站在那里，一副认剐认罚的样子。

“哪个叫你搞的？”班主任已经走了过来。

都低了头，有人悄悄拿眼睛睃二牛。

“哪个出的主意？赵二牛，又是你！”二牛把头压得更低了，像个罪犯。显然是别人的目光出卖了他。二牛厚厚的嘴唇翕动着，一句话也未挤出来，只一味用手搔那板栗似的头。

班主任的脸像刷了一层糨糊，绷得紧紧的。

“到哪儿都不老实，在学校时怎么跟你们说的？还不快把帽子扔掉？还有你们！”又指了指其余的学生。

二牛悻悻地把帽子扔到了沟里，像一朵向日葵缓缓地向下游漂去。

“老师，车队什么时候到呀，都三天了？”二牛忽然又鼓气地说。

“就你花样多，叫你等你就等，哪有这么多为什么？！”班主任不满地瞪了他一眼，又把目光扫向其余的人。“下次再这样，回学校再跟你们算账！”

“什么检查团，简直比小鬼子还难等。”班主任一走，二牛便开始发牢骚。

“鬼晓得。”常生没趣地说。

“来了，来了！”不知谁喊了一声，大家一齐爬起来，翘首以望，地上的三角旗也纷纷举了起来。在一阵刺耳的尖叫中，车子扬起一条黄龙逶迤而过，原来是辆救护车，司机对两旁的欢迎人群只诧异地扫了一眼，一点也没有停车的意思。大家骂了一阵子，又沮丧地坐下，三角旗也撒了一地。

“常生，要是今天还不来，明天我真的不想来了。”二牛望着救护车的背影说。

“不来干吗？又不上课。就算不来欢迎检查团，也要下乡去劳动。班主任已经说了，这学期考试，全看大伙平时表现怎样。”

“要那样，我还不如回家干活，我家没有劳力，我回去还可以帮我妈一把。”

“你不要乱讲，让班主任听到了，又要熊你！”

“熊就熊，去年我妈就叫我回去了，我回去至少能挣六分工了。这两天我还是瞒着我妈来的，要是她知道我在马路上混，早叫我回去挣工分了。”

“好歹总要混到中学毕业，等拿到文凭，我也不读了。我爹也说读了也没意思。”

“我表哥说城里已开始考大学了，考上大学，就可以进城吃粮，吃穿用不愁。”

“真的？我们也能到城里？”

“当然，我表哥就在城里，他是工人，他说考上了就是城市户口，和他一样不用家里发愁。”

“能坐火车吗？”

“能，城里有的都有。”

“怎么考呢？”常生充满了好奇。

“这……”二牛搔搔头，“这他没讲，反正是考呗。”

“真的？”

“骗你的是孙子！”二牛诅咒道。

常生咬着一根草，使劲地朝地上啐了一口绿色的液汁。

“要是能进城，我妈也就不用这么辛苦了。”二牛望着远去的伪装帽轻轻叹了口气。

常生没有言语。

“常生，毕业了，你想干吗？”

“我爹想让我当会计，村上的老会计眼睛不行了，上个月又把腿摔断了。”

“你呢？真想当会计？”

“不知道，反正都种田呗。”常生无可奈何地望着天，天上一丝云都没有，晌午的太阳开始热起来，平原上变得像一只巨大的蒸笼。几只知了发出几声七零八落的啼鸣。

远方传来隐隐的车鸣，铺满石子的公路上立刻烟尘蔽日，前边的队伍开始蠢蠢欲动起来。

车队卷起的龙卷风越来越近。

“二牛，好像检查团来了。”常生望了一眼烟龙，欠起了身子。

“鬼，不要听他们的，这已是第 8 次了。”二牛仍在想着考大学的事，脑子里一片混沌。

“二牛，快起来，这回好像是真的来了。车子都过来了，多得数不过来。”常生有些激动。

二牛懒懒的拾起地上的三角旗，站起来时屁股上沾满了尘土和草屑，也懒得去拍打。果然开过来一溜车队，班主任正在前面像公鹅似地吹着哨子，在急促的哨子声中，打开和没打开的三角旗参差不齐地举了起来。

“欢迎欢迎，热烈欢迎！”

“欢迎欢迎，热烈欢迎！”

……

干瘪而机械的欢呼声七零八落地响起来，无数只手臂也不规则地抖动起来。

车队驶近了，前面开道的是一溜五六辆草绿色的吉普，后面是更长的由吉普和轿车组成的混合车队，像一条龙似地飘然而过。车队驶近时，有人忘了欢呼，只好奇地数着车数。

二牛一边有气无力地喊着欢迎口号，一边睁大眼注视着车内的人，车子太快了，他只看到了几颗硕大的脑壳，馍头似的肉手和几只发光的金牙。他知道，那就是城里人，还是干部。他不知道进城是不是都有车坐。要是坐上车子在路上兜风，一定很舒服，很威风。他心里痒痒的，一时都忘了欢迎的事。

车队一晃就过去了，只象征性地鸣了几声喇叭，算是对这些在路边等了三天的学生的致意。二牛本想细细地看看那些乌龟壳和城里人，可车子像风一样吹过去了；三天时间只等来一瞬，他有些失望。他原以为车队会停下来的，检查团会看看他们，表扬几句。但没有。

车队一过，大伙开始打喷嚏、吐痰，作鸟兽散。灰尘散尽，大伙仍在争论着车辆的数量。

“一共二十辆。”

“不，二十一辆。后来还有辆乌龟壳。”

“叫轿车！”

“王八壳。”

“嘘嘘嘘。”班主任又站到了马路中央，像区队长一样检阅着自己的队伍。“站好！站好！”

斑驳陆离的队伍在马路上站成了一字长蛇阵。关于车辆确切数量的争论仍在大声地进行。

“这是什么检查团？”

“怎么没有停下来呢？”

“哪晓得！”

“管它呢，反正欢迎到了就行了。”

……

“站好！立正！”又是一阵刺耳的哨声。

“赵二牛，出列！”班主任怒目相视。二牛忙低下了头看着脚尖。这才发现脚指头已露在了鞋外。

“你们在议论什么？就你们叽叽喳喳的。”

“在议论是什么检查团。”二牛小声辩白道。

“就你花头多，什么检查团关你什么事，叫你欢迎就欢迎，站回去！”

二牛无声地退回了队列。

“立正，向右转，齐步走！”

意外或谋求

扑通，扑通，扑通。

一个男孩在楼下马路边的水泥地上拍皮球。男孩大约三四岁，长着一头浓黑的、韭菜似的头发，上身穿着一件圆领的白色短袖汗衫，下面穿一件海蓝色的短裤，样子像一个小运动员。此刻孩子正在专心地拍球。显然他并不太熟，球总是从他的手掌里跑掉，滑得像一条泥鳅，他总是抓不住它。男孩不得不东跑西窜，忙得不亦乐乎，很快汗就出来了。

那是一只金红色的球，就像一枚树上落下来的大桔子。这完全是一只成人的球，相对于男孩来说，这只球太大了，他的手又太小了，所以球总是从他手里跑掉，就像一只不听话的青蛙。每次球在男孩手里拍不了两下，就向另一侧逃去。也许力气太小的缘故，球弹跳的高度只有男孩的腿高，他很想把球拍得更高，并牢牢控制在手里，但球总是不听他的话，他并不沮丧，还是很顽固地把球抓回来，再拍下去。他还不太掌握拍球的技巧，他拿整个手掌去拍球，所以球总是不听使唤。但他很用心地拍着。一会儿，脸就因兴奋和运动量太大变得像一枚熟透的桃子，韭菜似的头发上开始往下面滴水，像淋了一场小雨。头发沾在了一起，湿漉漉的，男孩用手抹去脸上的汗迹时，把脸上弄出了几条不规则的污迹。

你看你。立在一边的男人这时冲过来抓住正在玩球的孩子，用手绢使劲地擦去了他脸上的污迹。你看你脏得不能要了，你看地上脏死了。

我们回家吧。孩子眼巴巴地看着父亲。两只手把球抱在手里。这样一来，球上面的泥巴又蹭到了上身的衣服上。衣服上马上就出现了一个黑迹。

再拍一会儿。父亲瞪了他一眼。看你瘦的，再不锻炼，走路都走不动了。其实男孩并不瘦。

男孩拿着球犹豫了一下子，还是没有把球拍下去。他已经不想在这里拍球了。

地上到处都是废弃的塑料袋，西瓜皮，各种冷饮的彩色包装纸，鱼刺和鸡（也许是鸭或者鹅）的骨头，以及烟头纸屑。空气里有一种臭烘烘的味道。

男孩再次皱眉说，爸，我们回家吧，外面脏死了。

父亲很坚决地摇了摇头。你总是这样，让你锻炼像要你的命。拍！男人说话时眼睛却盯着对面楼上。他知道每天这个时候她总是出现在阳台上。时间大约在五点到五点半之间。所以他每天这个时间他便让儿子下来拍球。每天这个时候他都对儿子说，阳阳，下去锻炼了。说话的时候，他的脸却冲着妻子，妻子多半对此没有反应，总是在洗她的衣服，有时对儿子咕隆一句，当心车子。没有更多的话。

男孩又继续拍他的球，拍得很勉强。开头的兴趣已经过去了。他看父亲并不盯着他，便蹲下来看地上的一只蚂蚁。他朝地上吐了一口口水，蚂蚁挣扎了一下，还是从里面逃了出来。他看得有些入迷。

你在干什么？男人突然发现没有听到拍球声。不是让你拍球的吗？

男孩胆怯地看了父亲一眼，又拍了起来。

这是一条小区内的马路，紧临着楼房的下面。这是一排朝北的房屋，所有的屋子都一律朝北，终年没有阳光。也许因为这个，男孩的肤色尤其白皙，就像缺少阳光的地窖里的土豆苗，白嫩而柔弱。小区里面住了一家效益很好的机关的头头脑脑，所以这里虽是小区却总是车水马龙，各种各样的车辆往来穿梭，根本不顾小区内每小时五公里的决定。因而男人很少让孩子一个人下楼来，宁可不让他下来活动。大部分时间男孩都待在楼上。但自从那次意外地发现了对面阳台上的她，他便忽然生出了让孩子每天下楼去拍球的想法。孩子下去拍球的时间与她出现在阳台上的时间总是大致一致。妻子对他忽然对孩子锻炼如此感兴趣感到非常奇怪，她记得以前丈夫是不主张儿子下去活动的，因为下面车子太多了，不安全。但她没有说什么，仍然埋头洗她的衣服。很长时间了他们之间没有更多的话，她已经习惯了男人的这种心血来潮，但这次难得他能有这样长的兴趣。她也觉得儿子也该下楼活动活动了，不然儿子都快成了笼子里的鸡了。本来她也担心下面的车子，但丈夫在下面看着，她便放心了。她甚至有些暗暗地高兴，儿子终于可以到楼下活动了，不然时间久了，孩子肯定会闷出病来。

车一辆接一辆驶过去，每一辆车过去都扬起一团黄色的灰尘。男孩咳了几声。

好好拍。男人再次说，男孩并没有停止手里的动作。他像机敏的小兔一样在车辆之间穿行。

就在这里拍，不要到马路对面。男人大声呵斥道。当心车。每次车子过来，男人都眼盯着男孩和车。男孩总是控制不了球，球总是会跑到马路对面或者车道上。警告的车笛声不停地响起。男孩像老鼠一样钻来钻去。紧张而刺激。

不是让你拍球的吗？男人发现儿子在偷懒。

我不想拍了，爸，我们回去吧。儿子说。

谁说的？男人说，不准回去。你给我好好拍，你看你像个虾子了，一点肉都没有，你得多锻炼。

男孩看看父亲的脸，不作声。男人在看别处，没有看着儿子。

儿子盯着父亲看了一会儿，好奇地说，爸，你在看什么？

男人愣了一下，没看什么，我在看天。男人好像才发现儿子没有拍球似的，忽然有些恼怒地说，阳阳，不是让你拍球的吗？

我实在不想拍了，爸。我想玩点别的。

不行。先拍球，不要搞鬼门道。

孩子很不情愿地拍球，拍得很勉强。

车来车往，男孩在马路上东躲西藏，根本拍不成球。每个动作都被汽车打断了。

你就在这边拍，男人说，你不要过马路，听到了没有？

知道。男孩大声说。但球并不听他的话，球再次顽固地跳到了马路对面。男孩刚刚跑过去把球抱了回来，一辆摩托就风一样刮了过去。男人说，不是叫你不要过去嘛，你又过去。你再不听话我就

揍你。

男孩抱着球站在那里不知所从。

男人仍站着望着北面的阳台。男人站在那里，男孩便感到拘谨，他不时在拍球时，抬起头来看一眼父亲。他觉得男人在这里对他是个妨碍。他不能自由地玩球。要不你回家，我自己玩，男孩忽然对父亲说。

男人没有动。好像没有听到孩子的声音。

男孩拍了几下，又偷偷抬眼看了一眼父亲。你走吧，我自己拍。为了让父亲放心，男孩又加上一句强调说，爸，我一个人能行。男孩大人似的说。

男人仍然没有回答。男人的眼睛盯着北面的天空，好像被天空中的什么东西迷住了。

爸爸，你看什么。男孩停止拍球，好奇地说。

没看什么。拍你的球吧。男人说，当心车，不要过马路。

你让我自己玩啦？男孩好像获得了解放。

玩吧。男人说，当心不要过马路。男人目光仍然射向北方的空中。

男孩看了看，空中什么也没有。

男人的目光盯在对面一层楼的四楼的阳台上。阳台上一个穿粉色套裙的女人在晒衣服。这是今年流行的时装，大街小巷都是这种小巧的套裙，女人的大腿很性感地从短小的裙裾下露出来。女人刚刚从浴室里出来，一头披肩发湿漉漉地披散在头上，像一盆乌黑的吊兰。女人也穿着这样一件短小的裙子，从他这个角度看上去，女人的短裙就像一枚半开放的喇叭花，倒开在女人的细长的腰肢上。两条性感浑圆的大腿则像两根粗壮的花蕊从里面斜逸而出，他从来

还没有见过这样一种花。他甚至隐约地从倒开着的喇叭花里看到了一种绿色的花心。他的心脏为之一震。女人的身子一动，那朵花就昙花一现了。女人的两条腿就像两条刚从河里拔出来的花香藕，白皙，饱满，新鲜，晶莹，散发出六月的芬芳，又像两颗珍贵的象牙，晶莹玉洁。

女人变换了一种姿势。女人正从红色的塑料盆里往外面晾衣服。先拿出来的是一双黑色的女人的长筒丝袜。女人把丝袜夹到晒衣架上，然后挂到台上外面的晒衣杆上。晒衣杆是竹子的，已经泛黄。女人的丝袜像两条黑色的蟒蛇的蛇蜕在阳台上随风飘荡。接着女人又从脸盆里取出一只白色的乳罩。女人拿在手里抻的时候，就像一只望远镜。后来女人又把望远镜合起来挂到了一只绿色的圆形的晒衣架上。最后拿出来的是一件女人的粉色三角内裤，和女人的腿的颜色非常接近。女人像拿一件珍爱的玩物一样在手里比试了一下，又抻了抻，内衣只有女人的巴掌大小，男人感到一阵心痛。他觉得自己的眼睛被刺痛了一下。

扑通，扑通，扑通。

男孩仍在一个劲地拍球。头上的汗水再次汹涌流下来。

车来人往。

男孩渐渐力不从心。他把球抱在怀里。爸爸，我们回家吧。我真的拍不动了。

男人没有回答，仍然盯着北面的天空。

爸爸，不玩了，我们回家吧。

再玩一会儿。男人头也不回地说，做事情要有耐心，不然你什么都做不成。

车太多了。男孩说，它们老是挡住我。

再练一会儿。男人说。

女人仍在阳台上整理晒好的衣服。阳台上除了女人，空荡荡的。一会儿女人不见了，再次出现时，女人手里多出了一方彩色的手绢。鲜艳得像一幅油画。女人把四四方方的手绢在阳台上晒成了一排，那里的一根尼龙绳，一连六块手帕像万国旗一样在阳台上升起来，五彩缤纷。男人隐隐好像闻到了一股很好闻的香味。晒完手帕，女人又在阳台上一块块地抻了抻。女人的动作好像经过了经心的安排和练习，她就像一个演员，在台上表演，她知道台下有个观众在注视着她，所以她很认真地表演着。一遍又一遍。

男人后来觉得天空中到处都是五彩缤纷的手绢的。他想起了那部著名的爱情片《幸福的黄手绢》。男人觉得心里痒痒的。像喝了酒。完全忘了在旁边拍球的儿子。忘了身在何处。

后来男人听到了一声刺耳的刹车声。好像听到一只球被刺破了。

一阵骚动。

再后来，楼下再也没有看到那个拍皮球的小男孩，地上只有一只破旧的皮球，上面沾了几滴发暗的血迹。

阳台上的女人也消失了。阳台上的女人的衣服和万国旗一样的手绢还在飘在那里，没有人收它们，上面落满了灰尘。后来它们一直挂在那里，从夏到秋，从秋到冬，第二年春天的时候，那双黑色的丝袜已经不见了，白色的乳罩已经染成了黑不溜秋的颜色，而那件米色的女人短裤则破得像一张破碎的鱼网。一字排开的彩色手绢就像坟头上的招魂幡，散发出褪败的色彩。

阳台空空荡荡，在阳台一角的角铁焊接的花架上，一盆不知什么花早已化成了泥土，只剩下了一只空空的黑色花盆，孤独，单调，毫无生气。

小于和小丁

小于觉得他刚刚经历了一次死亡。

小丁猝死的消息传来的时候，小于正好参加工作10年。一切都处在人生的上升阶段，就像一个运动员处在最佳的竞技状态。他在单位的工作十分得心应手，已经成了杂志社的主力编辑，在纯文学这一行里，小于已经颇有名气，同仁中有人已经戏称他是腕级编辑或者编辑王子了。一家颇有名气的杂志甚至把他的得意扬扬的照片刊在了封二的名编风采栏目，虽然这里也不无朋友间互相关照的成分，但谁也不能否认他小于已经今非昔比，不可等闲视之了。毕竟，在这些年里，他组的稿子先后得过两个全国性大奖，在他手下发稿的三个作者如今已经成了文坛的名家，还有三篇作品被张艺谋陈凯歌买断了版权。小说被改成电影后，虽然作家得了一大笔钱，他只从作者那里蹭了一顿饭，但毕竟那是他组的稿子，有一篇还是他从自然来稿里发现的。也不是谁都能这么幸运的。如今他小于，

在纯文学这一行里，也是个响当当的人物，目前至少有五家杂志请他担任特约编辑兼策划，就是国内一些作家有时也敬他三分。几乎每天他都能收到全国各地的求教信、自然来稿，那些慕名而来的作者和文学爱好者，一律虔诚地称他为老师，其实从年龄上说有的都可以当他爸爸了。自然其中不乏一些女作者，她们甚至热心地寄来玉照，令其他编辑十分眼热，并成为人们饭后的谈资。总编已经不止一次当着他的面说，好好干吧，将来这个杂志社还不就是你们年轻人的。虽然没有明确许诺什么，但这话里的弦外之音已经够明白的了。

除了工作，他个人的事业——写作，也已经结出了累累硕果，目前至少已经发表了二十多个中短篇小说，外面还有近十篇中篇小说将要问世，一些杂志已经开始向他约稿，评论界也已经开始关注他的作品，有的文章已经将他称为后生代作家了。在这一行里，小于自己多少也有些志满意得，而且更重要的是，这一年，他才 30 岁，正好应了古人三十而立这句话，好像这句话是专门为他小于写的。大家都说小于前途无量，就连他自己也这么认为，虽然表面上，他十分谦虚，但内心里，他也踌躇满志，准备好好干一番事业，干出个人模人样来。这也是他 18 岁那年从农村考出来时就悄悄在内心里发的一个宏愿或者说是他的一个理想，虽然这些年理想已经不那么被人提到了，但谁没有一点个人的野心和抱负呢？尤其像小于这样从农村考出来的学生，除了个人奋斗，没有任何选择。他始终记着大学毕业时一位同学在他毕业纪念册上的一句赠言：只有自己救自己，上帝才能救你。这句话一直等到工作以后，他才真正明白过来。

小丁出事的那天，事先没有一点征兆。那天早晨，小于仍是第

一个到办公室，打好水，整理好办公室后，他忽然豪情大发，自我感觉良好，当他打开窗户，面对东方时，他突然想起了很久前在中学课本里看到过的一个常见的比喻——一轮红日喷薄而出，经过多年的奋斗，他觉得他人生的那一轮红日很快也要喷薄而出了。现在他觉得这句话对他来说就是一个预言，仿佛在很多年前的那个遥远的山村学校里，就已经预示了他的前途，他相信自己的前途一定十分辉煌灿烂，对此他深信不疑。就在他准备开始一天的工作时，突然接到了一个电话，准确地说，是一个噩耗，他的朋友小丁死了，死于车祸。这个消息来得太突然了，令他猝不及防。

事实上，他们已经很久没有来往了，虽然彼此工作的城市离得并不远，而且都有对方的电话，但他们很少联系。当初他们刚刚毕业时，还常在一起，那时小于借着下去组稿的名义，经常以老大哥的身份到小丁那里走动，顺便向小丁灌输一些做人做事的道理。小于觉得这是他的责任。他比小丁大两岁，小丁以前也一直拿他当老大哥。两个人出生在一个村子里，自小两个人就在一起玩，是两个很玩得来的朋友。他们好得可以合穿一条裤子，比如说，小于说要去砍柴，小丁便拿柴刀；小于说要捉鱼，小丁便回家取网；小于说要摘果子，小丁已经开始爬树；小于说洗澡，小丁便扑通跳进河里。村子里的人都说小丁是小于的影子。小于和小丁听了都不在意，反而高兴，他们确实形影不离。上学时，小于比小丁高两届，小于高中毕业那年，非常幸运地考上了大学，令小丁羡慕得要死。小丁作文不行，而这却是小于的强项。于是小于便安慰说，作文其实很简单，不要怕。在中学里，小于的作文便是全年级第一，经常被老师拿来当范文在课堂上宣读，后来还让小于当小老师，代替老师给班上同学批改作文。在他们那所中学，所有的人都知道有一位很会写作文的小于，是未来的文学家，后一句是语文老师的原话。后来小于考上大学，主要也是因为作文得了高分，那次如果不是语文考了88分，最多只能上个大专。小于就这样因为作文顺顺当当地进了大学中文系。这样，他自然更有资格教小丁的作文了。轮到小丁高考的那年，小丁担心地说，我作文肯定过不了关，我根本不知道写什么，一提起笔就脑子里空空的。小于很侠义地说，你放心，到时我给你猜几道题，你背熟了，就行。后来，在小丁考大学时，小于真的没有食言，他在大学里猜了五道作文题，而且还作了范文寄给了正在埋头复习的小丁。小丁半信半疑囫囵吞枣地把五篇作文背了下来，后来考试，果然有一题跟高考作文基本相似，小于猜的作文题是《记我最尊敬的一个人》，考试卷上作文题是《我的老师》，题目虽然不完全一致，但大同小异，于是小丁便信心十足地照葫芦画瓢，基本原文照抄了小于作的那篇作文，只是把题目改了一下。小丁写得顺手极了，那一年作文破天荒地考了个75分，后来由于数学底子差，虽然没有上成大学，却很幸运地考上了中专。这样的结果连学校的老师都不敢相信，他们很诧异地问小丁：丁毛（这是他的学名），想不到你还有这一手，你是怎么发挥的？小丁不回答，只是笑笑，他自然没有说是小于给他写了范文，小于还在大学里自然更不会提。于是大家都说没有想到小丁这么厉害，太出人意料了，真是人不可貌相呀。小丁还是笑而不答。

小丁考上中专的那年，小于正好放暑假，本来有个黄山的同学约他一起到黄山旅游，他也一直很向往黄山，但后来想到远在乡下的小丁，他还是毅然放弃了这一难得的机会，回到了乡下。那时小丁的成绩刚刚下来，按他的成绩刚刚达到分数线，关键在于填志愿了。对于填志愿，小丁一点经验都没有，小丁父母是农民，比小丁

更没有经验，他们连字都不识，一起把眼光朝小于扫。小于这时穿着印有“汝城大学”四个猩红大字的白背心，在乡村的田野上很张扬地走着，十分抢眼。小丁一家人不知选什么学校好，患得患失，全拿眼睛盯着小于，好像所有的希望都在小于身上。其实小于也只考了一次大学，并没有多少经验，好在他一下子想起他们学校边上就有一所中专学校，小于很老练地说，这好办，我们学校边上就有一个财政学校，你就选那个学校。小丁也不知选什么好，听小于这么一说，便填了财校，想想如果录取了，两个人还可以经常在一起玩。后来小丁真的被财政学校录取了。小丁上学时，小于更自告奋勇地到车站接站。那时，小于到汝城已经两年了，自然各方面都非常熟悉。小于像一个兄长一样把小丁从农村接到了城里安顿下来。小丁的学校是两年制中专，和小于是同一年毕业。当时恰好社会机构改革，不少财政单位到学校来要人，小丁便征求小于的意见，问他是留在省城，还是到下面县市的财政部门。这些年里，小丁对小于很依赖，一直把他当成了老大哥的，什么事都要来征求他的意见。也相信他。那时小于自己也面临着毕业分配的选择，正为自己的未来的职业烦恼，但他还是为小丁做参谋说，你跟我不一样，我这一行到下面没有人要我，只能待在上面，你这样子不如到下面的财政部门，我们这些乡下来的人，在省城没有任何背景，不如老老实实地到下面去端一只饭碗，省里的那些机关不是我们这样的人呆的地方。毕业时班上同学都削尖了脑袋拼命往省里的大机关挤，小丁却背着行李到了下面一个市里的财政局去了。那时刚刚机构改革，正规学校毕业的都不愿到县市级工作，而下面机关又特别要专业对口的人，所以像小丁这样科班出身的人一来便受到了重视，很快如鱼得水。

小于毕业时还在做着文学梦，他学的是汉语言文学专业，所以他觉得自己这一行还是当编辑好。事实上他真正想当的是作家，只是当时自己不好意思说出来，只好说想到杂志社当一个编辑。那时大家已经开始把目光盯向机关，所以小于的想法显得非常可笑，但小于不管别人怎么看，他还是很一门心思地去了杂志社，他当时的想法很简单，只要自己努力，便一定能实现自己的梦想。他一点没有想到，他刚到杂志社才两年，文学的辉煌便过去了，他看到的只是一场戏落幕的情景，后来纯文学便一直走下坡路了。而差不多是他一手培养出来的小丁，却从一个不起眼的小财政所办事员逐渐青云直上，如日中天，与他的领路人小于的状况恰好相反，这让小丁自己都不好意思。小丁想到当初小于对他的帮助，也想回报小于，同时让小于看看他的能耐，但每次问及小于的情况，小于总是说还好还好。小丁知道小于爱面子，便再也不提这碴子事。其实有次小丁倒真有个机会可以帮小于一把，那次财政局正好需要一个好的宣传干事，他觉得这一行很适合小于的，如果小于愿意离开省城，他完全可以帮他一个忙，像小于这样的大学生在这样的单位早晚至少可以当个科长什么的，最不济，下面弄钱也活络些，他小丁也不是那种不讲义气的人，他自己有得吃也不能让哥们饿着，何况是他的领路人和恩人小于哩，再说如今他小丁已经可以做到这一点了（那时小丁已经当了一个很有实权的管钱的科长，连县里的一些局长也让他三分）。但他还没有开口，小于便婉谢了。其实小丁也知道，以小于的为人，就是饿死，他也不会接受他的意见，离开省城到下面的城市当刀笔吏的。其实小丁在内心深处倒是真想小于能到他们这个城市，他们还可以在一起，像以前一样做朋友，他现在也没有什么谈得来的朋友，现在在城市里已经找不到小于那样的朋友了。

来找他的都是一些找他帮忙的酒肉朋友。小丁后来常常想起和小于在一起的以前的时光。但他知道小于不会来的。小于是一个清高的人。

有一次小丁出差到省城，小于热情地接待了他，特地在一家中等规格的饭店请客，因为口袋里寒酸，在点菜时便显得犹犹豫豫，所以他客气地请小丁来点。他想小丁终归不好意思一下子点很多很贵的菜的，一般吃别人的东西总是比较矜持。但小丁接过单子，非常老练地一气报了蛇三吃、清炖甲鱼、三文鱼、澳洲龙虾等这些小于只是听说过的菜，他只粗粗一算，便知道自己口袋里的那点子钱是远远不够的，他觉得头上直往外冒汗，他非常后悔把主动权交给了小丁，但现在后悔已经晚，小丁一边点，服务小姐已经满脸开花地飞快地记了下来，并且吩咐厨房制作了。小于心里直后悔，但好在还不致出洋相，因为这一家饭店也是杂志社定点饭店，以前招待那些作家时，也常常在这里请客，所以和饭店的老板也是很熟的，老板为做生意也表示如有私人宴请一律八折，这也是小于请小丁来这里的原因之一。所以如果钱真的不够可以先画个押，等下次来结账，这么一想便也坦然了。但这顿饭虽然他强作轻松，仍然吃得并不踏实，倒是小丁今非昔比，在饭桌上非常放得开，完全喧宾夺主，吃到高兴时，还讲了几个酒席上助兴的荤话段子。小于一边赔着笑，一边计算着这顿饭得花掉他几个月的工资，他明显地感到如今小丁状态比他好，就像那些人说的，他小丁如今混出水面来了，这一点他小于还不至看不出来。其实他有时也想起与小丁在一起的时光，也很想与小丁叙叙旧，但真的到一起，他觉得他不是从前的小于，小丁也不是从前的小丁，他们已经没有多少共同的语言了，和多年前相比，他和小丁的位置似乎翻了个个。这么胡思乱想着，这一顿饭也就结束了。看看小丁杯子里还有酒，为了等小丁，他便抽空去了一趟洗手间。从洗手间出来，他有些像做贼似的悄悄跑到服务台，他不想让小丁看出来他身上没有钱，当他准备让老板记账时，服务小姐告诉他，账已经结过了。那一刹那，小于觉得脸上一阵发烧，他知道这是小丁干的，就在那时候，他忽然产生了一种失落感。他对小丁说，你怎么能这么干，我是主人，一顿饭我还是请得起的。小丁在他肩上拍了拍说，我们之间还说这些干什么呢，这些年，你为我做得太多了。我早就该请你一顿了。

小于知道小丁对他的感情是真心的，但后来他们的关系还是渐渐疏远了，这主要是因为他们专业不同，又不在同一座城市，当然另一个原因是，他不断听到了小丁发迹的消息，他便越来越有意地淡化了他们的关系，他知道他们不再是以前那个在乡村中学的小于和小丁了。他们已经是大人。他每次回家都听到小丁发迹的消息，都隐隐感到不快。他耳朵里塞的小丁发迹的消息越多，他就越不想见到小丁。连家里人都对他说，小丁这小子发迹了，连车子都有了。小于听了心里很不是滋味，以前他小子一直是家乡的骄傲，一直是他小于提携小丁，带着他玩，可以说是他小于一手把他小丁拉进城市的，现在他小丁却发了，而他小于却被人遗忘了。小于以后连家也很少回了。在城里，小于拼命工作，写作，以前他差不多已经放弃了的作家梦，又重新膨胀起来，他觉得如果在这一行里再干不出什么名堂，他就无颜见江东父老。他有一个不能告人的隐秘念头：他不能败给小丁！从此小于很少回家，也很少与人联系，只一个劲地工作，写作，小丁每年总是给他寄贺卡什么的，他也只是礼节性地回一张明信片，信里面已经没有当初的激情和友谊。

有一年，小丁发起组织一次校友会，邀请他回去，因为不论怎么说，小于都是他们母校在外面最有影响的人物（那几届里的唯一的大学生），但小于坚持说自己脱不开身，婉言谢绝了。后来听说那次校友会搞得十分成功，也很有影响，小丁特意从城里带了两辆车回去，一辆小车，一辆面包车。面包车是提供给校友用的。校友会开得轰轰烈烈。小丁那天成了校友会的主角。听说小丁把那天的餐费都包了下来。小于听了只是哦了一声，没有说什么。不知从什么时候起，他开始回避小丁这个名字了，也竭力想忘记他。无论如何，他觉得不能不如小丁。他希望有朝一日，他能像小丁那样，开着车子回家，请客时，潇洒地埋单。也就在小丁开校友会不久，老主编跟他谈了一次话，半开玩笑半认真地说，好好干，我看杂志社里的小年轻中，也就你还像做事的样子。那时他已经知道不久主编就要退休了。有一点令他欣慰的是，他的小说最近将由几家杂志一齐推出，他觉得自己多年的努力终于有了结果。他相信不久往日的同学或者朋友就会在几个有影响的杂志上看到他小于的名字，他们会再一次想起他小于，那个会做文章的小于就要成为真正的作家了。他没有失败，他不会辜负江东父老。小丁只会活在人们的口上，而他小于却将白纸黑字地永留青史。小丁只有他们那个村子，那个中学，还有至多那个城市知道他，而他小于的名字却可以出现在全国甚至世界的读者面前。就在那时候，他接到了小丁的单位打来的电话。小丁的同事准确地讲是小丁的手下说，小丁在驾车中与一辆大卡车相撞不治身亡。那天小丁得知他就要提拔为局长，所以十分兴奋，在接受下属的祝贺时多喝了几杯酒，而且又执意要酒后驾车，结果一头开到了一辆停在路边维修的大卡车的车厢底下，由于他的车速太快，整个车顶都被抹了，小丁被发现时，整个人几乎成了一块肉饼！

听到这个消息，小于一点也没有高兴。其实这些年里，小丁一直是他潜在的竞争对手，虽然他们不在一个城市，不在一个单位，甚至不在一个系统，他们远隔百里，根本谈不上互相威胁，但他们在一个村子里，他们在村子里时常被人拿出来品评，也正是这一点，使他在暗暗地与小丁竞争，他堂堂的小于无论如何也不能败给了小丁，一个他昔日关照过的而且是他一手带出来的小弟弟。他不能输了这场比赛，就在比赛将分出胜负时，小丁忽然出了车祸，他就像到了球场上，却发现对方被临时罚出了球场，他失去了对手。

听到小丁去世的消息，小于放下电话连假都没有请就赶到了小丁所在的那个城市，专程去参加小丁的葬礼。被整容化妆过的小丁看起来显得十分滑稽，甚至在嘴角露出一丝的冷笑。小丁的夫人穿着一件黑色的连衣裙，仍然显得惊人的美丽。小于参加完葬礼便回到了省城。回到省城后，小于在床上大睡了三天。

小于上班后，整个像换了一个人，变得萎靡不振，仿佛生了场大病似的。原先小于是一个家庭观念比较淡漠的人，大多数时间都在办公室里加班改稿子看校样，或者埋头写作，现在除了上班时间很少看到小于的影子。大家很快就发现了小于的这种变化，就说，小于，你最近在忙什么，下了班连影子都见不到。小于说，买菜带孩子。不对吧。有人话里有话地说。小于知道对方话里的含义，也不在意，只是淡淡地一笑。不久一个同事星期天在环城公园看到小于带着老婆孩子一家三口在游乐场划船这才信了小于的话，回头好像发现重大新闻似地对大伙说，小于这小子真的在享受天伦之乐呢。

不久，老主编退休，单位调整班子，大家都看好小于，不论从哪方面说，小于也算是绩优股，然而等上面来宣布新组成的班子时，却发现根本就没有小于的名字。大家都愣了一下，然后一齐拿眼瞅小于，小于似乎早就料到了这一点，并不感到意外，还带头鼓起了掌。大家不知小于葫芦里卖什么药也跟着鼓掌，掌声七零八落。新班子上任后的第一件事，便是任命小于做编辑部主任，但小于友好而坚决地辞去了这个职务。对小于的辞职主编显然有些意外，有些不自然地说："当然，对你来说，这个位置是小了点……""主编，我绝没有这样的意思，我不愿当这个主任与位置无关，我现在只想快快乐乐地过日子，别的我什么都不想，我说的是真心话。"小于非常诚恳地说。主编看看小于的样子实在也不像说反话，感到非常纳闷，便不再坚持。

小于仍然像以前一样当他的老百姓，平常仍然嘻嘻哈哈，没有什么不快乐的样子，大家都说小于这样子是强颜欢笑，变相的闹情绪。退休的老主编原先以为上面会选拔小于的，他也把小于作为第三梯队向上面推荐过，但上面宣布人事任命的时候却没有小于，这有点出乎他的意料之外，所以他也倾向于认为小于是在闹情绪。听说小于现在完全一副居家过日子的样子，他想起古人穷则独善其身的话，更坚定了他的看法。他决定专门和小于谈谈。他到小于家时，小于正在电脑上玩游戏。老主编的突然到来，使他感到有些诧异，又为自己正在进行的游戏感到一丝不自然，他知道在老主编的眼里，他一直是一个有事业心要求上进的好青年。他感到有些对不住老主编对他的信任，脸也微微地红了一下，但很快便坦然了。老主编倒没有对他玩游戏说什么，他把小于的玩游戏和他的意志消沉联系到了一起，于是用几分理解的调子安慰说，小于，你的心情我是理解的，中国的事情就是这样，好在你还年轻，这次不行，还有下次，在这个杂志社谁不知道，按你的能力，顶多再熬两年，机会就会来的，不要太悲观。小于笑笑说，我一点也不悲观，我很乐观，我现在这样子很好。你这样就不好了，老主编说，你以前不是这样的，你这样太不好了，你不应该这样学得像社会上那些人一样油滑，玩世不恭。小于委屈地说，我没有玩世不恭呵。老主编伸手在小于的肩上拍了一下，语重心长地说，小于，你还年轻，不要因为一时的挫折就产生悲观，要相信组织，相信公正嘛。小于知道他怎么解释也无用，便不再解释。后来大家看了小于最近发在《收获》《当代》等杂志上的小说，又像发现了新大陆似的，说原来小于在埋头写作，准备拿诺贝尔奖。小于听了也只是一笑。事实上，自从参加过小丁的葬礼后，他根本就没有再写一个字，有时打开电脑也只是在上面玩玩游戏，大部分时间电脑是关的。除了完成单位任务，业余时间就看看闲书，或者带着老婆孩子到公园闲逛，过着一种逍遥自在的生活。大家都看不透小于骨子里在打什么主意，他也不向人解释，他知道就是解释也没有人相信，于是仍然故我，每天悠悠闲闲地上班，悠悠闲闲地下班，对什么事都乐呵呵的，过得很快活。

无言的结局

疤子最后一个从船上下来，他特地戴了一顶便帽，这使他的样子显得十分滑稽。但他一点也没有笑的意思。他小心翼翼的样子好像第一次踏上这块土地。他在走下码头时，再次下意识地正了正头上的帽子。他不希望任何人看见他，其实这完全是多余的，因为这时天已经黑了，没有人会注意到他。

这顶旧便帽还是教导员特意找给他的。临出来时，农场里归还个人物品，他没有一点东西。他当初就是光光地进去的，又光光地出来了。那天娅红就抱着二岁的儿子兵兵在这里与他告别。兵兵举着肉嘟嘟的小手向他挥着，他看到兵兵两只明亮的眼睛里有两颗蓝宝石似的东西在闪动，而娅红的眼睛已经潮湿了，完全说不出话来。当时他已经剃了光头，青梗梗的。上面月亮形的伤疤若隐若现。他不敢再看娅红和儿子，硬是把娅红塞过来的一条红塔山香烟又塞了回去。他发誓要早日出来，现在刚过了四年，他就出来了。

为了这一年，他磨破了十五条裤子和几十双手套。从青河农场出来时，指导员把一包信交给他。这是娅红在四年中给他的几十封信。他全部保留着并让指导员代他保管，现在指导员把这些信完好地交给了他。虽然不是什么贵重物品，他还是十分郑重地收了下来，这一千多个日日夜夜他几乎是靠这些信维持下来的。他终于提前出来了。他听到那道笨重的铁门在他身后发出一声沉闷的响声，他知道他的过去，已经被关在了身后。他百感交集地看着指导员。他想张口说一声再见，但被指导员用手势拦住了，指导员只是在他肩上使劲拍了拍，然后把一顶并不太新的便帽扣在了他的头上，说，别忘了，你还是从前的王建国。

疤子出来时，没有告诉任何人，他想给娅红一个意外的惊喜。他想突然出现在娅红面前，突然出现在儿子面前。儿子也许已经上幼儿园大班，长成了个小男子汉，也许根本认不出他来了。他还能想起儿子虎头虎脑的样子。想到儿子居然认不出爸爸，他就感到鼻子酸酸的。娅红呢，也许她还没有变，还是那么漂亮，迷人，妩媚。一次偶然的机会，他是在纺织厂门口看到娅红而发起追击的。当时追娅红的人不下半打，甚至还有一两个大学生，但最后娅红还是嫁给了他，不为别的，就为他每天在纺织厂门口等娅红，而且每天暗暗地做护花使者。娅红家住在一个有名的棚户区，进出要经过一条长长的小巷。小巷里没有灯，常常有乞丐和狗出没。疤子风雨无阻地护送她三年。

婚后第二年，他们便有了兵兵。那时疤子所在的铸造厂已经每况愈下，厂子效益越来越糟。疤子又是那种讲义气的男人，所以手中总是存不住钱，娅红的单位也基本处在半停产状态，不仅拿不到奖金，连工资也只能拿百分之八十，这样一来，他们的日子也就因

为孩子的到来显得捉襟见肘。

疤子并没有想到他会为了朋友而犯法。出事的那天是腊月里，那时厂里已经没有多少活干，货订不出去，工资也发不下来，工人干脆也就不干活了，因为干了也是白干。一天傍晚，小毛和小黑跑来说，哥们，帮个忙。疤子看是以前在一起玩的小弟兄，就说什么事，都快下班了。

也就是抬件东西，你劲大，这事非得你去，别人还真干不了，疤子一听这么说，就挽起袖子跟着去了。

去的地方是一个破破烂烂的厂房，到处扔着破铜烂铁。小毛和小黑径直用卡车把疤子带到一堆黑乎乎的东西旁边，说，哥们，把这些个东西抬上车。

对朋友的事，疤子总是不问的，他蹲下来便抬，他感到那东西沉甸甸的，是铜？他问。铜，小毛说，反正也没人要了，又不发工资，眼看年关到了，活人不能被尿逼死，弄出去换几个钱花花。事情就这么简单。

第二天，小毛把一卷票子塞到疤子手里。见者有份。小毛说。

疤子坚决往回推。你把我当谁？这是骂我。疤子动气了。

小毛说，朋友，不然打死我也不叫你。是朋友就不要见外。嫌少是怎么着，拿着。快过年了，买几条烟抽。说着小毛把那卷票子往疤子手里一塞。

疤子还没来得及说什么，小毛便走了。

疤子数数那卷票子，不多不少，八百块。

他拿这钱为妻子买了件假钻石耳坠，又为儿子买了几袋进口奶粉，剩下的钱一起当工资交给了娅红。

过了几天，疤子见没人问起这件事，也就忘了。就在元旦后的第二天，一辆警车停在了他的家门口。从车上走下来的警察说，你是王建国？疤子说，我是。警察二话没说，就用铐子将他铐住了。你被捕了。警察说。

什么事？疤子一时怔住了。什么事，我们还要问你呢。警察说。你自己做的事还不清楚？说着就把他往车上推。疤子一下子就明白了，他大声说，我什么也没做，我真的什么也没做，我只是帮朋友抬了一堆垃圾。

警察还是不容分说把他押上了警车。

疤子在拘留所里看到已经先期到达的小毛和小黑。小黑不敢看疤子，小毛说，疤子，对不起。

算了。疤子说，算我倒霉。然后疤子就感到自己眼泪下来了。

疤子一点没有想到他会这样被关起来。春天他的案子审下来了：五年。因为赶上冬季严打，所以从重从快。年一过，案子就结了，疤子没有上诉，认了。

当时，疤子也就是从这里被押上船的。不止他一个。大概有十来个人吧，一律的光头。他感到头皮冷飕飕的。那是二月里，他们穿着灰布衣服，许多人已经变得不成样子。四周是看热闹的人。娅红抱着兵兵站在人群中向他挥手。兵兵的脸像红山楂似的，眼泪汪汪的，不知是风吹的，还是因为与他的分离。在农场，他一想起兵兵那水汪汪的眼睛，就想哭，他什么都能坚持。他要重新出去，一切重新开始，当初他发誓要让娅红幸福的。作为男人他觉得自己愧对娅红。四年的时间说短不短，说长不长，现在他不知道垭红和儿子在干什么。他想现在他们也许在看电视，也许睡觉。因为从码头上的大钟看，已经九点了。他又闻到了这个城市的夹杂着煤炭和饭

店的气味，温馨，亲切。

他随身只带着一包行李，里面是娅红在四年中写给他的五十八封信，里面还夹着几张儿子的照片。妻子每封信中都告诉他，家里一切都好，她厂里的效益也好，儿子当然也好，已经长得像一个小伙子了。家里的一切都不用他操心。他们单位并没有把他当成小偷，谁都知道他是完全无辜的，是帮朋友忙。对了，她还戴着他给她买的那个人造钻石耳坠。人人都说漂亮。总之，她在等他回来，希望他早日回来。

现在他终于回来了。他什么也没有给娅红带，带给她的是一年的时间。他像一个陌生的人，在码头上慢慢地步行。他再一次看到了过去的岁月。他还年轻，他要重新来过，他要实现过去的诺言，要让娅红和儿子过上好日子。他在林荫道上慢慢地走，灯光从浓浓的梧桐叶里洒下来，在地上投下斑斑点点的碎影。他该考虑以后的日子，以后的路，他知道单位是回不去了，他得另外开始一种新生活。他的眼睛贪婪地盯着街上的一切，到处都像画廊。四年的变化真是大呀。

就在他盯着地上的树影时，他忽然闻到了一股桂花香味。一对男女从他身边走过，香味是从女人身上飘过来的。他下意识地看了一眼那个女人的背影。他觉得那修长的身影好像很熟。他心里一震。他立刻否定了自己，娅红怎么会和另一个男人手挽手走在深夜的大街上？他知道这条街以前也是很乱的。他想尽快回家，但那股熟悉的桂花香味却使他变得迟疑起来，他不知不觉地跟了过去。他看到他们进了一家红胡子咖啡馆，里面黑漆漆的空间一下子把两人吞没了。他在门口被一只强壮的手臂挡住了，他看到那个挡他的男人手臂上文了一只张牙舞爪的豹子，要是以前他也许挥手就打了过去，但现在他不会再这样了，他斯文地退了回来，甚至还抱歉地向那个保镖似的门卫点了下头，他想大约是他的奇怪的帽子引起了人家的怀疑，里面的灯光幽幽的，像鬼火一样，室内的一切都朦朦胧胧。他在门外坐了下来。直到很久，他才又闻到了那股桂花的香味从身边飘过。他还没有来得及走过去，男人已很潇洒地拦住了一辆出租车。他把女人小心地让进去之后，才钻进去，车里的顶灯一下子亮了起来，疤子一下子看清了车厢里的那个女人。他感到眼睛被什么东西刺了一下似的，他一下子怔在了那里：娅红！

疤子一下子跌坐在地上，泪水潮水般地涌出，包里的信撒了一地……